VIP
接吻

高岡ミズミ

white heart

講談社X文庫

目次

イラストレーション／沖《おき》 麻《ま》実《み》也《や》

VIP《ブイアイピー》 接吻《せっぷん》

息が苦しい。酸素を求めて口を開けると、体内から激しく胸を叩《たた》いてくる鼓動のせいでなおさら苦しさが増す。

脳が揺れ、視界も定かでなく、なんとか声を出そうとするが、しゅーしゅーと砂でも絡んでいるかのような奇妙に乾いた音が漏れ出るばかりだ。

いったいなにが起こったのか。

いまにも薄れそうになる意識の中、懸命に思考を働かせようとする。いや、それより身体《からだ》だ。ひどく重く感じる手を持ち上げて目の前で開いたり閉じたりしてみると、震えてはいるものの問題なく動き、ほっとする。

次は脚。

脚も大丈夫だ。とりあえずなんとかなりそうだと確認できたおかげか、少しずつ視界が晴れ、同時に頭もやっと働きだして自身の置かれた状況を理解した。

突然の出来事だった。

いきなり現れたバンに猛スピードで衝突された。衝撃は凄《すさ》まじく、窒息しそうになるほど頭部、頸部《けいぶ》、胸部をエアバッグによって圧迫された。

「くそ……邪魔なんだよ」

シートベルトを外したが、エアバッグのせいで不自由な体勢から上体を捻《ひね》るのにも苦労する。

しかもこの音。ばたばたという不快な音がそこここから鼓膜に突き刺さり、邪魔なことこのうえない。舌打ちしたとき、それが車体を叩く雨音だと気づき、雑音にいっそう気が立った。

「……取り乱すんじゃねえ」

自身を叱咤し、ひとつ息をついた沢木《さわき》は、直後、全身の血液が逆流するかと思うほどの衝撃に息を呑《の》む。頭からざっと血の気が引き、指先まで冷えていく。

「お……やじっ」

後部座席のドアは外から押《お》し潰《つぶ》され、大きく凹《へこ》んでいる。そこに座っている久遠《くどう》は咄嗟《とっさ》に受け身をとったのかドアに背中を向ける形で頭を落とし、ぴくりとも動かない。

「親父《おやじ》……親父っ」

そんな、まさか。

「親父っ」

「……何度も呼ばなくても聞こえている」

返ってきた声に安堵《あんど》したものの、今度は怒りで頭に血がのぼる。明らかに運転席より後部座席のほうが損傷が大きいのは、狙《ねら》ったからにほかならなかった。

「おまえは——怪我《けが》はないか？」

顔を上げた久遠が首に手をやりながら、こちらへ視線を投げかけてくる。

「俺は、ぜんぜんっす。いま……ドアを開けます」

そう答えるや否や外へ出ようとドアレバーを引いたが、何度試してもがちゃがちゃと音がするばかりでドアは開かない。焦るあまり体当たりしても同じだ。

「くそっ……開けよ！」

額から流れてくる汗が目に入り、乱暴に手で拭《ぬぐ》う。

急げ。もしも親父の身になにかあったら……。想像するだけでぞっとしてしまい、いっそう汗が噴き出した。

「開け！」

怒鳴ったとき、遠くでサイレンの音が聞こえ始める。誰かが通報したのか。となるとじきに周囲は野次馬に取り囲まれるだろう。

沢木は、震える手で上着のポケットから携帯を取り出した。

「……頭《かしら》。早く出てくださいっ」

後部座席で頭に手をやっている久遠を案じながら、祈るような気持ちで呼び出し音を聞く。

久遠のスーツの上を流れている雨脚の影がまるであふれる血のように見え、沢木は恐怖心を募らせていったのだった。

1

閉店後、三人で片づけをしつつ昼間の話の続きをする。もちろん榊《さかき》に関することだ。

「なんだか……ほんとすみません。まさかそんなひとだったなんて知らずに、信頼できるなんて安易に口にして」

昼休憩の際、榊に拉致《らち》されたことを話したところ、村方《むらかた》は心底驚き、ショックを受けたのだろう、目に見えて消沈していた。父親と懇意にしていて、周囲からの信頼も厚いと言ったことに責任を感じているようだ。普段ふわふわした巻き毛も、心なしか元気がない。

「村方くんが謝る必要なんてない。俺も信じてたし」

榊にはまんまとしてやられた。と、あの人好きのする顔を思い浮かべると苦々しい気持ちになる。迅速に対処してくれた津守《つもり》や久遠《くどう》に救われたとはいえ、和孝《かずたか》自身があまりに軽率に信じ、頼ってしまったことに対する自己嫌悪はしばらく引《ひ》き摺《ず》りそうだ。

父親の問題を早く片づけたいという焦りからだとしても、必要以上に親密そうに接してくる相手に対して多少なりとも警戒心を持つべきだったのに。

仕事熱心で頼り甲斐《がい》があり、見た目もさわやかな榊にすっかり騙《だま》され、好感すら抱いていた自分の愚かさが厭《いや》になる。

「あのひと、オーナーを監禁するために別宅まで用意したんですよね。たとえオーナーに一目惚《ひとめぼ》れしちゃったんだとしても、出会ってまもない相手をいきなり拉致するって怖くないですか」

村方が頬《ほお》を強張《こわば》らせ、似合わない縦皺《たてじわ》を眉間《みけん》に刻む。

「まあ……確かに」

果たしてどこまで村方に伝えていいものかどうか、迷ったせいで曖昧《あいまい》な返答になる。じつのところ、榊の話を聞いたとき、まだ「いきなり」のほうがよかったと思ったほどだ。こちらからすれば「いきなり」であっても、相手にはちがったらしい。出会ったのは十年も前、まだ実家にいるときだと榊は言っていた。十年かけてふさわしい男になる努力をしたという話は俄《にわか》には信じがたいが、誰も知らないはずの出来事を榊は詳しく語ってみせた。

どうやって調べたのか、本当に十年もの間近くにいたのか。そう思うと空恐ろしくなり、首筋にぞわりと鳥肌が立つ。恋慕にしても怨嗟《えんさ》にしても、よほど強い執着がなければ普通はそこまで長い年月はかけられない。

しかもその後、榊は平然と職場から連絡をしてきた。なにもかもが、理解の範疇《はんちゅう》を超えている。

「オーナー！　警察に被害届出しましょう。あんな危険人物が野放しなんて……またオーナーになにかしてくる可能性だってあるんですよ」

「あ、ああ」

和孝にしても、通常であれば迷わず警察に駆け込んでいただろう。

歯切れの悪い返事になってしまうのは、そうした場合、どう考えてもこちらが被《こうむ》る不利益が大きいからだ。BM《ビーエム》のスタッフが始めた店と週刊誌で面白おかしく書き立てられたあとでは、邪推する者も少なからず出てくるにちがいない。

やっと落ち着いてきたのに、あんな男のせいでまたスキャンダラスに取り上げられるのはごめんだ。榊がそのあたりも計算ずくでこのタイミングを選んだのだとしても、少しも驚かなかった。

ちらりと津守へ視線を向ける。苦い表情でかぶりを振るのが見えた。津守もこの件に関しては決めかねているようだ。

「今回は見送ろうと思う。またあることないこと書き立てられたくないし――俺が気をつけて、二度と隙《すき》を見せなければいいわけだし」

理由はもうひとつある。むしろこれがもっとも大きな理由だった。

現在、木島《きじま》組は危うい状況にある。これまでも久遠の足を引っ張ろうとする人間はいくらもいたが、今回は事情が異なる。話は不動清和会《ふどうせいわかい》やそれを取り巻く組織ではすまない。

なにしろ一般人が亡くなっているのだ。

週刊誌の記事にあった小笠原《おがさわら》に関する一連の事案に加えて、記事を書いた南川《みなみかわ》の突然の死。木島組が関《かか》わっていると疑われているのをいいことに、すべての罪を押しつけられかねなかった。

三島《みしま》はもとより、警察もここで木島組の勢いを削《そ》ぐことに利があると判断した途端、躊躇《ちゅうちょ》なく実行するに決まっている。それが事実でもそうでなくてもどちらでもいいのだ。

久遠が窮地に立たされたときの自分の無力さは、これまでも味わってきた。できることといえば、せいぜいがおとなしくしていることだけで、それは今回も同じだった。

「あ、念のため村方くんの行き帰りは津守くんの会社にお願いしてあるから」

あくまで念のためであって、津守や村方に害が及ぶとは考えにくい。それは、榊がこの十年、優秀な弁護士として周囲の信頼を勝ち取ってきたことでもわかる。現に榊本人が、きみにふさわしい人間になるためにと話していた。

それゆえ、自分ひとりがターゲットというのは和孝にとって気持ちが悪い事実であると同時に、安心材料でもあった。

昨日の出来事を思い出すと、寒気を覚えて腕を手で擦る。

本人の言葉を信じるなら、十年努力してきたという榊がこのタイミングで大胆な行動に出たのには必ず理由があるはずだ。南川の情報元が榊だったとしてもおかしくないし、

『月の雫《しずく》』の悪評にしても、いまとなっては榊が裏で操っていたのだろうと疑っている。

もしかして小笠原がここにきてメディアの前に現れたのも、榊の目論見《もくろみ》では、と。

普通であれば、ひとりの人間のためにそこまでするはずがない。が、榊であればどんな突飛なこともあり得るような気がしてくる。

「…………」

和孝は首を左右に振った。

榊洋志郎《ようじろう》という人間について、いくら考えたところで無駄だろう。なにしろ無理やり拉致監禁しておいて、翌日、しれっと連絡してくるような男だ。これっぽっちも理解できないし、理解したいとも思わなかった。

とりあえず榊とは二度と会わない。父親も関わらせない。それを徹底することが最優先だ。

「ひとって、評判だけじゃわからないってつくづく思い知りました」

気落ちした様子で村方が肩を落とす。

その肩を津守がぽんと叩《たた》いた。

「ほとんどの場合は評判どおりだと思うぞ。長年周囲を完全に欺くなんて無理だ。普通はな。それに、俺は疑《うたぐ》り深い村方なんて見たくない」

これについては津守に同感だ。榊が普通でないのはそのとおりだし、村方にはこれまでどおり天真爛漫《てんしんらんまん》でいてほしかった。

「そうですね」

村方は、ようやく頰の強《こわ》ばりを解く。実際はまだ完全には納得できていないはずだが、村方らしく笑顔まで浮かべてみせた。

「父親には、それとなく話しておきます。そのまま伝えたところできっと信じないでしょうけど、なにか引っかかりを感じたときには裏を取るひとなんで、きっと大丈夫です」

「うん。そっちは任せる」

本来なら巻き込んでしまったことを謝りたい。しかし、ふたりがそれを望んでいないとわかっているので、謝罪の言葉の代わりに和孝も笑みで応《こた》える。

片づけのあとはレジ締め作業をすませ、駅に向かうふたりとは店の前で別れた。スクーターのエンジンをかけるまでふたりがさりげなくその場にいたのは自分を案じてくれているためだとわかるだけに、なおさら榊に対する不快感は募った。

――常にきみの味方であることは間違いないよ。

榊自身が本気であるぶん始末が悪い。久遠とのつき合いをやめるよう忠告してきたのも同じ理由からだろうが、和孝にしてみれば、よけいなお世話だった。

いまさら他者に忠告されるまでもない。反社会的組織なんて害悪で、排除すべき存在だ。もしそうできれば、この世のトラブルは激減するにちがいない。

しかし、常識や一般論ですべて測れないのが人間だ。どうにかしたいと思ってもどうにもできないことはいくらでもある。

自分のことに限れば、すでにどうにかしたいという気持ちすらなかった。

久遠さんと再会したのが運の尽きだな。

心中で呟《つぶや》いた和孝は、日々冷たくなっていく乾いた風を頬に受けながらスクーターで自宅を目指す。つい一、二時間前まで降っていた雨はやみ、空を仰ぐと、雲の間から白い月が覗《のぞ》いていた。

月の在《あ》り処《か》を確認するのは、BMにいた頃からの癖だ。こうして月を見上げるのもすでに日常になっていて、だからこそ当時との心境の差を実感する。

当時は、自身の存在確認みたいなものだった。この場にいる自分、いるべき場所にいられる幸運を確かめていたような気さえする。

いまは、月を見れば純粋に綺麗《きれい》だなと思う。仕事終わりの疲労感が軽減し、今日も一日無事に終わったとささやかな達成感も覚える。

おそらくそれは大人になったからというより、いまの暮らしの居心地がいいからだろう。

実際、自分の中身は、久遠と再会した頃となんら変わっていないと事あるごとに思い知らされる。根っこの部分はおそらく十七歳の頃のままだと言ってもいい。

十年たって多少なりとも落ち着いたのは、周囲のひとたちに恵まれたおかげだ。子どもの頃から、半ば無意識のうちにずっと居場所を探していた自分だが、それ自体が無意味なことだと気づかせてくれたひとたち。

大事なのは、場所ではなくそこにいるひとだ。

好きな人たちに囲まれていれば、どこであってもそこがいるべき場所なのだ。

こういうときだからこそそのことを噛《か》み締《し》め、ものの数分で帰りついた和孝は、すでに日常となった警護の存在を感じつつスクーターを駐《と》めてマンションへ入る。郵便物を手にエレベーターで上がり、部屋へ入ると、真っ先に風呂《ふろ》の給湯ボタンを押した。

バスタブに湯が入るのを待つ間、リビングダイニングで郵便物のチェックをする。ほとんどがダイレクトメールだったが、最後の一通に和孝は目を留めた。

地元に戻ったＢＭの元スタッフのひとりからで、結婚したという報告のはがきだった。

「おお、おめでとう～」

津守と村方のもとにも届いているはずなので、祝いは連名にするかどうか、明日にでも三人で話し合うか。などと思いつつはがきをテーブルに置き、着替えの下着とパジャマを用意する。先週から替えた冬用のパジャマも、やはり肌触り重視のコットンだ。

風呂に入る前に、なにげなくテレビをつける。スポーツニュースからチャンネルを替えたところ、バラエティ番組の笑い声が室内に響き渡った。

「なにもなし、か」

小笠原の続報でもないかと思ったが、時間帯のせいか、それとも旬《しゅん》を過ぎたネタだからなのか、どのチャンネルでも取り扱っていなかった。

テレビを消した和孝はバスルームへ移動する。湯に浸《つ》かると、四肢から力が抜け、自然に吐息がこぼれた。

リラックスするためにあえて頭の中を空っぽにして、入浴剤の仄《ほの》かな甘い香りに意識を集中させる。

身体《からだ》があたたまるからと、宮原《みやはら》がプレゼントしてくれたものだ。

普段の自分は、気が向けばたまにバスソルトを使うことがあっても特にこだわりはないが、これは宮原のお勧めだけあって香りもよく、芯《しん》からあたたまるので、ここのところ毎日愛用している。

匂《にお》いというのは侮れないものだとしみじみ思う。先月久遠がこの部屋に泊まった際、自分と同じ入浴剤、ボディソープ、シャンプー、そういう匂いがやけに新鮮に感じられて、妙にどきどきした。

といっても、自分がイメージする久遠の匂いは、やはりマルボロと整髪料の混じった匂いだ。その匂いを嗅《か》ぐと、いまだ感情が左右される。

落ち着いたり、逆に乱されたり、きゅっと胸が締めつけられたり。

いつの間にか頭の中に久遠の顔を思い浮かべていた。目の前にいてもいなくても、どっかりと大きなスペースを占領している男に――占領されてしまっている自分に苦笑いし、心地よいバスタブから出ると、手早く髪と身体を洗ってリラックスタイムを終えた。

寝る前の習慣としてレシピノートを今夜も開く。

「問題はメインをどうするかだよな」

クリスマスのメニューはすでに決定しているが、チキンのみならずターキーも選べるようにしたらどうでしょうと提案してきたのは村方だ。

クリスマスはチキンが定着している日本で果たしてどれだけの需要があるか。ターキーは硬いと感じるひとも少なくないため、仮に用意するにしてもなんらかの工夫が必要になる。と、つらつらと思案していた和孝の耳に、携帯が震える音が届く。

「……まさかだよな」

またしても榊がかけてきたのか。サイドボードの上の携帯に手を伸ばして確認したところ、目に飛び込んできたのは意外な人物の名前だった。

「え、なんで？」

上総《かずさ》から直接連絡がくることなどまずない。電話番号を教えられたのは念のためであって、連絡を取り合うためではなかった。

その上総がいったいなんの用で……しかも真夜中だ。

直後、ざっと肌が粟立《あわだ》った。厭な予感。胸騒ぎ。そういうのは根拠のない不安だと気づいたときには、携帯を耳に押し当てていた。

「――はい。柚木《ゆぎ》です」

心情が声音に出てしまった。ひどく頼りない声に顔をしかめた和孝とはちがい、上総は普段どおりだった。

『夜分にすみません。上総です。いま、大丈夫ですか?』

和孝の知る、ややそっけなく、事務的にも感じられる声だ。

そのことに安堵《あんど》し、大丈夫ですと返す。

『どうせニュースで知ることになると思うので、こんな時間ですが連絡させてもらいました』

だが、上総にしては歯切れが悪い。不要な前置きをするのは、久遠の身になにかあったからではないのかと、ふたたび不安になった。

いや、決まったわけではない。過剰に心配するのは悪い癖だ。

祈るような気持ちで上総の言葉を待った和孝だが、心のどこかでそれが無意味だというのも感じ取っていた。

『事務所からの帰宅途中に事故に遭いました。三時間ほど前です。車に信号無視のバンが衝突してきて――いまは沢木《さわき》とともに病院にいます』

「……っ」

ひゅっと喉《のど》が鳴る。少しも覚悟ができていなかったと、自身の震えだした手を見て気づいたところで、どうすることもできなかった。

「……それで、怪我《けが》は」

そのたった一言を発するのにも苦労する。

久遠が被弾したときのことが脳裏をよぎった。運よく銃弾が急所をそれたおかげで大事には至らなかったが、けっして軽傷ではなかった。あと何センチかずれていたらと、あのときの恐怖心ははっきり憶《おぼ》えている。

『肋骨《ろっこつ》が折れました』

上総の口調が終始淡々としているのが、いまは救いだった。

「じゃあ、意識は」

『ありますよ』

思わず、ほっと吐息が漏れる。骨折だけですんだのなら、不幸中の幸いだ。

「沢木くんも無事なんですね」

『はい』

「それなら」

よかったです、と続けようとした和孝だが、はたと疑問が湧《わ》いた。軽傷だというならなぜ上総はわざわざ深夜に電話をしてきたのか。

そもそも本当に骨折のみなら、久遠本人がいくらでも電話できるはずだ。

『そういう事情ですので、二、三日検査入院しますが、もしニュース等で目にしても慌てないでください』

「あの……」

とはいえ、どう切り出せばいいのかわからず口ごもる。本当は重傷ではないのか、信じていいのか、なんてストレートに上総に問うのは憚《はばか》られた。

多少なりとも上総に対する負い目があるせいかもしれない。

自分が久遠の傍《そば》にいることが上総にとって、木島組にとって歓迎すべきことではないというのは重々承知している。

無論自分ひとりのせいではないし、あんたのところの組長さんが俺を選んだんだからしょうがないだろと開き直ってもいるが、そう簡単な問題ではないのも本当だった。

『またこちらから電話をします』

和孝が迷っているうちに、上総はその一言でこちらの言葉を塞《ふさ》いだ。これ以上の話は無用とシャットアウトされたも同然で、ますます疑念は募ったものの食い下がることもできず、はい、と返すしかなかった。

携帯をサイドボードに戻したあとも、やはり引っかかる。もう眠るどころではなく、ベッドに横になったあともあれこれ考えてしまう。大抵、悪いことばかりだ。

久遠が事故に遭ったという。

単なる事故なのか、それとも一連の出来事に関係があるのか、上総はなにも言わなかった。おそらく聞いても軽く受け流されただろう。

ちゃんと意識があって、怪我は肋骨が折れただけとの話だが——本当だろうか。実際は重傷で、ごまかしているのではないだろうか。

「……いくらなんでも考えすぎか」

嘘《うそ》をついたところで意味はない。不動清和会の若頭、木島組の組長の身になにかあればニュースになるはずなので、上総の言ったように隠したところで早晩耳に入る。

あれこれ考えてみても判然とせず、寝返りばかりくり返すはめになった。

「……ていうか、本人が電話かけてくればいいだろ」

それなら、こうも悶々《もんもん》とせずにすんだ。

たった一言でいい。久遠の声を聞いたら、このもやもやもすぐに晴れるのに。

なんだよ、と悪態をつく。

図らずも久遠と顔を合わせ、四谷《よつや》の部屋に泊まったのはつい昨日のことだ。別れたのは今朝で、まだ一日とたっていない。それなのにもうずっと前の出来事だったような気がしてくる。

なにしろいろいろなことが起こりすぎるのだ。

久遠といると、一日たりとも同じ日はない。今日平穏な一日だったとしても、明日はなにが起こるかわからない。

これまで何度もそういう目に遭ってきて、仕方のないこととあきらめてもいたが、自分がもっとも恐れているのは久遠の命が脅《おびや》かされることだ。

本音を言えば、肩書とか地位とかはどうでもいい。邪魔なくらいだ。いっそ不動清和会ごと木島組も潰《つぶ》れてしまえと思ったのは、一度や二度ではなかった。

他の誰が警察に捕まろうと、極端な話、抗争で命を落としたとしても、久遠さえ無事ならそれでよかった。誰にも言うつもりはないが、それが本心だ。

身勝手なのも、愚かなのも自覚している。正義感とか常識とか良心とか、すべてひっくるめて秤《はかり》にかけても同じ答えしか出ないのだから、これぱかりはしようがない。

「……ああ、もうっ」

脈絡のなくなってきた思考を止め、ベッドから起き上がると寝室を出てキッチンへ向かう。冷蔵庫から冷えたミネラルウォーターを取り出し、半分ほど残っていたそれをペットボトルに直接口をつけて飲み干した。

「どうせどこの病院に入院してるかって聞いたところで教えてくれないだろうし、俺は、向こうから連絡があるまでおとなしく待つしかないってか？」

なんて日陰の身にふさわしい扱いだ。おそらく久遠が自分に電話をかけてくるのは最後、ほとんど片づいたあとだろう。

普段はそれでいいと納得していても、こういうときにまで後回しにされるのはやはり面白くない。少しくらいこっちの気持ちも察しろよと文句のひとつも言いたくなってくる。

「いまさら、か」

久遠に対する不平不満はそれこそ山ほどあるし、同じくらい悪態もついてきた。これ以上なにをどうぶつけたところで向こうはいつものことだとあしらうに決まっているので、自分にしてもいまさら変えようがない。

なにかあるたびに心配し、腹を立て、文句を言う。

五年後、十年後もそうしている自分が目に浮かぶようだった。

がしがしと頭を搔《か》いた和孝は寝室に引き返し、横になる。すっかり目が冴《さ》えてしまい、眠るのはあきらめて、事故に関するニュースはないかと携帯をチェックしていった。

「……これか」

交差点の事故として上がっている。双方とも名前は出ていないが、どうやら先方が信号無視でぶつかってきたらしいというのがわかった。

事故直後の写真を上げているSNSを見つけ、ひやりと背筋が冷える。骨折ですんだのは、単に運がよかっただけだった。

後部座席をめがけてアクセルを踏み込んだとしか思えない、ひどい有り様だ。ベンツが大破していることで衝撃の強さが窺《うかが》える。

車の周囲が煙って見えるのは、雨のせいか、それとも衝撃の余波か。

ざわざわとしてきた腕を掻いてから、さらにSNSを辿《たど》っていくと、偶然交差点の近くを走っていたというコメントを見つける。「たぶんあれ、飲酒か薬物でしょ」とあるからには、やはり先方の過失、もしくは意図的な事故なのだろう。

一度携帯を手から離すと、目頭を指で揉《も》んだ。

そして、過失か意図的かと心中でくり返した和孝は、過失なんてあり得ないと思い、舌打ちをした。

この状況下にあって、偶然正気ではない運転手と交差点で遭遇する確率がどれほどのものか、素人である自分にでもわかる。偶然が重なることはないと久遠自身も言っていたとおり、そこには誰かの思惑があるはずだ。

問題は、その誰かがはっきりしないことだった。あまりに敵が多すぎて、候補を挙げればきりがない。それともこういう思考に至るのは、疑り深くなっているからだろうか。

全部妄想だったら、それが一番いい。

目を閉じたものの数分で我慢できなくなり、また携帯を手にする。

時刻は、一時十五分。

今夜は時間の進みが遅くて厭になる。

不毛と知りつつネットの検索に戻ったとき、メールが入った。宮原からだ。きっと事故の件にちがいないと、急いでメールを開いたところ、やはりそうだった。

――ネットで見たんだけど、柚木くん、大丈夫?

久遠ではなく、「柚木くん」とあるところが宮原らしい。すぐに返信したあと、電話に切り替えた。

「じつは、上総さんから電話がかかってきました。こんなこと、いままで一度もなかったのに」

宮原に話してみて、自分がいかにこの点に引っかかっているかをあらためて実感する。上総が、その場しのぎの嘘をつくとは思っていない。が、本当に骨折だけなのかと疑ってしまうのも致し方がなかった。それを上総も気づいているだろうになぜ、と。

『そうだね。でも、前とは状況がちがうからかもしれないよ。いろんな意味で』

宮原の返答に、和孝はしばし考える。

確かにそのとおりだ。事務所への銃撃と交通事故とは事情が異なる。だが、宮原がいろんな意味でと言ったのは、自分たちの関係性を含んでいるのだろう。

再会した当初とはちがうし、当然、銃撃された頃ともちがう。互いに歩み寄った結果、久遠の身辺はさておき、ふたりの関係はいまがもっとも落ち着いているのは確かだ。

そのため、これ以上を望んでしまっているのかもしれない。普通ならこうするんじゃないかとか、こうしてほしいとか、無駄な期待をしてしまっているのかも……。

視線を床に落とした和孝は、

「前とはちがいますもんね」

自身を納得させるために宮原にそう返した。

『きっと久遠さんから連絡がくるよ』

「たぶん、一番最後でしょうけど」

『柚木くんに甘えてるんだね』

ふふっと笑い声が聞こえて、おかげでいくぶん気持ちが軽くなる。宮原はどんなときでも、思いやりにあふれているひとだ。

「連絡、ありがとうございました」

いつも助けてもらっている。十七歳の頃からずっと。

「宮原さんのおかげで眠れそうです」

『ならよかった』

じゃあ、とそれを最後に電話を切る。和孝はその手で久遠に一本メールを入れると、今度こそサイドボードに携帯を戻した。

――落ち着いたら電話して。

果たして久遠がメールを見るのはいつ頃になるか。見たとしても応えてくれるまでにしばらくかかるだろう。

落ち着け。いまは疑心暗鬼にならないで、上総さんの言葉を信じよう。

そう決めると目を閉じた。

うとうとしたのは朝方になってからだった。仕事は待ってくれない。いつもどおりの時間にベッドを出ると、ルーティンワークをこなしていく。

シャワーを浴びたら、軽い朝食、コーヒー。

最近は大抵朝の情報番組を観《み》ながら、だ。

「………」

チャンネルを替えた和孝は、テレビに釘付《くぎづ》けになる。ちょうど事故のニュースをやっていて、ドライブレコーダーの映像らしきものが流れていた。

画面右手から現れたバンに、セダンが大きく左へ進路を変える。おそらく沢木が異変に気づいて反射的にハンドルを切ったのだろう。

だが、バンのスピードが尋常でないことは映像でも確認できた。一切の躊躇なくセダンに激突した。映像自体は無音だったのに、その衝撃音が聞こえたような気がして、和孝はびくりと肩を跳ねさせていた。

まるで大砲かなにかみたいだという印象は、けっして大げさではない。雨の中、歪《いびつ》な形になった二台の車は、いつ炎を上げてもおかしくないように見える。

「……あ」

映像が切れ、スタジオにいるキャスターの顔へと変わる。ここでもバンの運転手は飲酒か薬物摂取を疑われているとキャスターは報じ、事故、事件の両面から捜査されていると続けた。

そして、なにより知りたかったことが裏社会に精通しているというコメンテーターの口から出た。

『いずれも命には別状がないとのことですが、先日の記者が亡くなった件もありますし、どうもきな臭いですね』

いずれも命に別状がない——いつの間にか呼吸を止めていた和孝だが、いまの一言で息苦しさから解放される。となれば、今度は久遠に対する不満がふつふつとこみ上げてきた。

落ち着いたら連絡してと確かに送ったものの、いつものこととはいえ放置しすぎだろう。事が事だけに、電話がかかってきたら文句のひとつもぶつけたところで罰《ばち》は当たらないはずだ。

話題は芸能ニュースに変わり、和孝はリモコンでテレビを消す。

着替えをする傍ら脳裏にこびりついた事故の映像を思い返して、本当に不幸中の幸いだったんだと、幸運に感謝せずにはいられなかった。

いつもの時刻に部屋を出ると、スクーターで店に向かう。数分後、ドアを解錠して店内に足を踏み入れたあとは、決まった順序で開店準備をしていった。

メニューボードを書き終えた頃、津守と村方がやってくる。朝の挨拶《あいさつ》をしたあとは、やはり事故の話題になった。

「今朝ニュースを観て驚いたが――大事にならなくてよかった」

津守の言葉に、和孝は頷《うなず》く。

村方は黙って開店準備をしている。本人に確かめてはないが、この手の話題になると口を噤《つぐ》むのは村方なりの気遣いだと思っている。

「事故で骨折って結構なことなんだけど、こうもいろいろあったら麻痺《まひ》してくるよな」

現に、骨折ですんでよかったと胸を撫《な》で下ろした。だが骨折はけっして軽傷ではない。

「それで？　本人から事故についてなにかあった？」

津守に問われて、普通そうだよなと、自身の正しさを再認識する。

「ぜんぜん。なにかどころか、なにも。連絡自体ない」

木島組の現状を多少把握している津守にしても、これには驚いたらしい。瞬《まばた》きしたあと、取り繕うような笑みを見せた。

「昨夜の今日だもんな。今夜あたり連絡が来るんじゃないか」

それならいいけど、と半ばあきらめの境地に至る。列の一番最後となれば今夜は望み薄、明日午後あたりに電話がかかってきたならまだいいほうだ。

それにしたって、どうせ見舞いにすら行けない。どこの病院にいるのか、何日くらい入院するのか、そういう基本的なことすらなにも教えられずにあしらわれるのだ。

「いっそ片っ端から病院に電話かけてやりたいくらいだよ」

もちろん冗談だ。厭がらせでそうしてやりたい気持ちはあるものの、実行すべきかどうか思案するまでもない。

「これ以上警察にマークされてもいいのか？」

津守の問いに、和孝はひょいと肩をすくめた。

「ごめんだよ」

週刊誌でさんざん厭な思いをしたあげく、店に警察が来た。目をつけられていることについては想定内だった。富裕層対象の会員制クラブというだけでＢＭを胡散《うさん》くさいクラブだと決めつける者は多いし、連日メディアに取り上げられたとなれば警察は無視できないはずだ。

が、それだけではないと和孝は考えている。警察は久遠がＢＭの出資者だった事実を当然摑《つか》んでいるだろうし、おそらくは自分と個人的なつき合いがあることも――。

いまPaper Moon《ペーパームーン》が平穏にやっているのは、目こぼしされているか、泳がされているかのどちらかだ。

津守もそう思うから、「これ以上」という言い方をしたのだ。

「にしても、相手が意図的にぶつかってきたとなれば、ますます面倒なことになるな」

ぼそりとこぼされた的確な一言に、和孝は唇を引き結ぶ。なにが面倒なのか、津守に問う必要はなかった。

内部抗争が起こると、他組織は確実に混乱に乗じて隙をついてくる。不動清和会は強大であるがゆえに、たったひとつの瑕疵《かし》が致命傷にもなり得るだろう。

「ほんと、面倒」

とりあえず自分にできるのは、待つことのみだ。

かぶりを振った和孝はため息を呑《の》み込み、厨房《ちゅうぼう》で下ごしらえにかかる。まもなく客がやってきたので、ともすれば引《ひ》き攣《つ》りそうになる顔に無理やり笑みを貼《は》りつけ、普段どおりの接客に徹した。

2

花であふれ返っている特別室で着替えの手伝いをしながら、上総《かずさ》はそれとなく久遠《くどう》の様子を窺《うかが》う。顔色、表情、動き、こちらを見てくる目つきに至るまでチェックしたところ、別段異変は見られない。

これまでと同じ、木島《きじま》組の絶対的トップだ。

「もう二、三日入院されてはどうですか」

事故から三日。一通りの検査をすませたとはいえ、万全の状態とは言いがたい。

それだけ大きな事故だった。

見舞いの花は後を絶たず、十畳ほどの個室を埋め尽くすほどだが、いま頃みなの頭にあるのは疑心だろう。

久遠は本当に無事なのか。死んでなかったとしてももし再起不能なほどの怪我《けが》を負っていたとしたら、不動清和会《ふどうせいわかい》の勢力図はどう変わるか。

ナンバー2《ツー》の座に誰が座るのか。

三島《みしま》ですらそのことで頭がいっぱいになっているさなかにちがいない。それほど今回の事故は、会内に影響を与えた。

「こんなところに閉じこもっていたら身体《からだ》がなまる」

当の久遠は医者に言ったのと同じ理由をここでも口にし、自身のネクタイに手をやる。

その表情は普段どおり冷静で、感情どころか思考を読むことも難しい。

そういえば、いまよりもむしろ若い頃のほうが久遠は一切の感情を表に出さなかったと、そんなことを上総は考える。

もっとも昔は冷静、というより冷たい印象だったが。

——あいつの心臓は氷でできてんだろうな。あんな冷血漢はそういない。

あれは誰が言ったんだったか。そうだ。斉藤《さいとう》組の植草《うえくさ》だ。

半笑いで口にされたその言葉を上総は否定しなかった。そのとおりだと思ったからだが、一方でこうも思った。

冷たく見えても、下手に近づいたら火傷《やけど》ではすまない、と。

実際、久遠という男の特異性はそこにあった。常に沈着冷静でありながら、局面に立てば非情なまでの判断を下す。必要かそうでないか、久遠にあるのはそれだけだ。

いや、それだけだった。

「早く事務所に顔を出したほうがみなが安心するんじゃなかったか？」

意味ありげな視線を送られ、昔の記憶を振り払い、そうですがと歯切れの悪い返答をする。事故後、まずは事務所にと言ったのは確かに自分だとはいえ、あのときといまでは事情がちがった。

「病院側も一刻も早く退院してほしいだろう」

今回の事故については、誰もが同じ言葉を発したように、「不幸中の幸い」だった。「悪運が強い」と三島は笑ったが、それもそのとおりだろう。

しかし、今後のことを考えるとあと二、三日欲しいというのは正直なところだった。

「……す……ませんっ。俺が、もっと早く気づいていれば」

甘い花の香りの中、特別室の隅っこに立ち、さっきから項垂《うなだ》れている沢木《さわき》が悲痛な声を絞り出す。沢木にとって久遠は単なる組のトップではない。盃《さかずき》を交わした親子だ。

実の親と縁を切っていることもあって、沢木の久遠に対する思いは強く、それだけに今度の件に責任を感じている。

「あのスピードで向かってこられたら、避《よ》けるのは無理だ」

防犯カメラのみならず、ドライブレコーダーでも確認した結果、相手の運転手はなんなく割り出せた。不動清和会四次団体の構成員、ようは三下《さんした》だ。

となれば過失の線はほぼ消え、誰かに命じられたと考えられる。久遠を嵌《は》めるために躍起になっている者だ。組織を根こそぎさらうためにあえてこちらは積極的な対策に出ていなかったが、焦《じ》れた相手が戦法を変えたのか、それとも端《はな》からそういう計画だったのか。

どちらにしても、こうなるとこちらも早急に手を打たなければならない。組長を狙《ねら》われた以上、木島組としてなんらかの報復に出なければ、たちまち笑いものになる。木島組は組長がやられかけたというのにまだ傍観を決め込むなど、臆病者《おくびょうもの》の集まりだと。

「百キロ以上のスピードで衝突してますからね。覚悟のうえだったのでしょう」

「俺にっ」

久遠の言葉に同意した、その言葉尻《ことばじり》を打ち消す勢いで沢木が詰め寄ってくる。その場に膝《ひざ》をつくとこうべを垂れ、握り締めたこぶしをぶるぶると震わせた。

「俺に、やらせてくださいっ。あの野郎の首も、斉藤組の組長の首も確実にとってきます！」

沢木の心情は理解している。沢木なら、こう言ってくるだろうと予想もできていた。

ちらりと久遠へ視線を送る。

「考えておく。勝手な真似《まね》はするなよ」

久遠が発したのは一言だったが、それでなくても打ちのめされている沢木に追い打ちをかけるには十分だった。おそらくいま、なにもできない自身の無力さを沢木は痛感しているはずだ。

「ひとつ聞いていいか？」

ふいに、久遠が携帯を掲げた。

思わず顔をしかめそうになったものの、なんとか耐えて「はい」と返した。

「誰だ？」

――落ち着いたら電話して。

短いメールだ。事故の夜に彼には電話をかけたが、それで納得させるのは難しいとわかっていた。おそらく電話を切った直後に、久遠にメールを送ったのだろう。

「送信者は『和孝《かずたか》』」

念押しのようにそう言った久遠に、先に口を開いたのは沢木だった。

「え……誰って……」

沢木の頬《ほお》がひくりと引《ひ》き攣《つ》る。普段からほとんど笑うことのない愚直な男の顔が、そのせいで笑ったように見えた。

困惑するのも無理はない。上総自身、受け入れたとは言いがたかった。

柚木《ゆぎ》に話したことは嘘《うそ》ではないとはいえ、すべてでもなかった。左側の肋骨《ろっこつ》が二本折れている。それから、頭部打撲による逆行性健忘との診断が下った。

医師の話を聞いても信じられず、なにかの間違いだと返してすぐに異論を封じられた。

久遠自身が「そうらしい」と答えた以上、否定する材料がない。

「え……柚木のこと、わからないんっすか」

自分の質問が滑稽《こっけい》に思えたのだろう、今度こそ沢木が笑った。

「ああ、俺の記憶は二十五で止まっているらしいからな」

「冗──」

冗談はやめてくださいと言いたかったらしいが、沢木は久遠が冗談を言う人間でないことをよく知っている。途端に顔を強張《こわば》らせ、目を見開いたまま茫然《ぼうぜん》となった。

なぜ二十五歳なのか、について言及したところで無意味だ。逆行性健忘は十人十色ではっきりしないと医師からも説明があった。

打ちどころのせいでたまたま二十五歳だったのか、そこに心理的ななにかが作用しているか、もしわかるとすれば記憶を完全に取り戻したあとだろうとも。

久遠がどちらであろうと、じつのところそう重要ではない。二十五歳のある時点以降の記憶を失ってしまった。今後、記憶を取り戻すかどうかは神のみぞ知る。大事なのはそれだけだ。

「二十五……じゃあ、俺のことも」

譫言《うわごと》めいた一言に、これ以上は、と足を踏み出した。

久遠は顔色ひとつ変えずに答える。

「沢木拓海《たくみ》。運転手で、俺の子だろう？」

「え」

「事務局長──いや、いまは頭《かしら》だったか。上総から聞いた」

「……っ」

酷な返答に沢木は唇を痙攣《けいれん》させたかと思うと、迷い子さながらの頼りなさをあらわにする。無理もない。一瞬でも期待しただけにショックは大きいだろう。

沢木は久遠を親と慕っていて、なにかあれば命を賭《と》することも厭《いと》わない。久遠にしても、沢木には特別目をかけていた。いまの一言はそれを無にしたも同然だ。

「このことは他言無用で」

慰めの言葉が見つからず沢木に釘《くぎ》を刺したあと、上総は久遠に向き直った。

「ご自分の立場と組の現状を頭に叩《たた》き込んでください。早急に」

顎《あご》を引き、目を眇《すが》めた久遠が携帯を再度示した。

「それで？　これは？」

心中で柚木に謝ってから、用意していた言葉を口にする。

「私は存じ上げません」

沢木の喉《のど》が小さく音を立てても、素知らぬ顔を貫いた。

その場しのぎだと承知のうえで、嘘をつくことに微塵《みじん》の迷いもない。自分にとって最優先事項は木島組、組員だというのはどんな状況にあっても変わらなかった。

そして、木島組を守るには、久遠彰允《あきまさ》という存在が不可欠だ。

もし必要とあれば、迷わず自分は柚木を排除するだろう。ひどい人間だと思うが、いまさら善人ぶるつもりはない。

恨むなら俺を恨むといい。

沢木の視線を感じつつ、平然と久遠を見返す。久遠は自身の手の中にある携帯を一瞥《いちべつ》しただけで上着のポケットにしまうと、それ以上質問を重ねることはなかった。


いまにもこぼれそうになるため息を、和孝はぐっと堪《こら》える。ため息をつくとそれだけ幸せが逃げていくと、噂話《うわさばなし》だったかドラマだったかで耳にしたことがあるが、自分の場合もはや意地でしかない。

後回しにされるのには慣れているとはいえ、上総の電話からもう四日。なんの音沙汰《おとさた》もないことに久遠への怒りは溜《た》まっていくばかりだ。

昨日まではまだ、事故後だから仕方がないと思おうとした。が、今日目が覚めた途端、冗談じゃねえと脳みそが沸騰しそうなほどの苛立《いらだ》ちがこみ上げてきた。

毎回聞き分けがいいと高をくくっているなら大間違いだ。メールひとつ打つのに、一分もかからない。

忙しいなんて言い訳が通用するか、と和孝は心中で吐き捨てる。今度ばかりは口先で謝ったくらいで許すつもりはなかった。

昼休憩で食事をすませたあと、ひとりスタッフルームで携帯を凝視しつつ苛々《いらいら》を募らせていたとき、手の中のそれが震えだした。慌てて確認したところ——期待していた久遠からではなく、声も聞きたくない相手からの電話だったことに覚えず口許《くちもと》が歪《ゆが》む。

榊《さかき》については、なにを考えているのかすでに知ろうという気もない。二度と自分の前に姿を現さなければそれでよかった。

電話も無視しようかと思ったものの、登記簿の件が残っているため渋々出る。

『ああ、出てくれたんだ。よかった』

どうやら拒否されるだけのことをしたという自覚はあるようだ。榊は安堵《あんど》の声で『和孝くん』と名前を呼んできた。

自分からすれば、どの面《つら》を下げてと呆《あき》れるしかない。あれだけの真似をしておいて、平然と連絡できるその図々《ずうずう》しさは理解しかねる。

「書類、まだ届いてませんが。郵送でとお願いしましたよね」

会う気はないと念押しをする。月の雫《しずく》の件が片づいたら着信拒否するつもりだった。

『いま手配しているところだよ。ところで、驚いた。事故なんて——大変だったね』

反射的に鼻で笑ってしまっていた。自分を拉致《らち》した男が久遠の事故の心配をするなんて、これほど滑稽なことがあるだろうか。

「てっきり榊さんが関与しているのかと思ってました」

けっして冗談や厭《いや》みではなかった。久遠に邪魔をされた先日の腹いせに、榊が誰かにやらせた可能性は少なからずある。

『まさか！』

榊が声を荒らげる。常に自分のペースを貫く――久遠が乗り込んできたときですらそうだった――榊にしてはめずらしいことだ。

『僕がそんなことをするとでも？　確かに彼のことは好きではない。だが、きみがショックを受けるとわかっているのに、どうして僕がそんな……ひどいじゃないか』

本気で傷ついたとでも言いたげな口調に、和孝はいっそう渋面になる。平然とひとを拉致しておきながら、ひどいと責めてくる榊はやはりどこかちぐはぐだ。

半面、榊の言い分は事実のような気もしてくる。

もしそのつもりがあるなら、自分を拉致する前に久遠に対してなんらかの行動に出ていただろう。榊は、相手がやくざだからといって怯《ひる》むような人間ではない。

「そうですか。でも俺、あなたをもう信じてないので」

だとしても、こちらが責められる謂《いわ》れはなかった。榊がなにを言おうと二度とまともに受け止める気はないし、そもそもこうして声を聞いていることも不快だ。

「書類、急いでください」

さっさと切ろうとしても、構わず榊は言葉を重ねる。

『彼の命を狙っているのは砂川《すなかわ》組の残党と斉藤組でしょう？　確かに僕は何度か求められて助言したけど、一緒にされたら悲しいな。僕の望みは、反社会的組織と距離を置いてほしいというだけで、彼に危害を加えることじゃない』

これには、和孝も切るタイミングを逸してしまった。

普段どおり饒舌《じょうぜつ》に語られた内容は和孝にしてみれば驚きだった。

榊が砂川組と斉藤組だと把握していたこともそうだが、なにより助言を求められていたとは、その事実に啞然《あぜん》とする。

斉藤組絡みであるため、久遠は見極めるために苦労しているのだ。不動清和会の中に亡くなった植草の親族が多数いるせいだろうと、いつだったか津守《つもり》がぼそりとこぼしたことがあった。

「……他に誰が関《かか》わっているのか、知ってるんですか」

もしやと思い、緊張しつつ問うてみる。

『他？』

だが、やはり榊はそこまで認識していないらしい。当然だ。いまでこそ力を失ったとはいえ、以前は四代目候補に名前が挙がるような組長が率いていた組が、いくら優秀とはいえ、一弁護士に手の内をすべて見せるなんてあり得ない。

「……知らないならいいです」

だろう。

耳から離そうとした携帯を戻す。木島組という一言でこれだから、自分は隙《すき》だらけなのだろう。

「…………」

『木島組は』

『今度の事故で斉藤組を潰《つぶ》す大義名分ができたわけだし、悪いことばかりじゃなかったと思うよ』

だが、聞かなければよかった。なにが悪いことばかりじゃないだ。ともすれば命を落としていた可能性もあったのに、そんなふうに言える神経を疑う。

いや、そもそも榊はそういう男だ。

「興味ないので」

相手にするだけ損、と嫌悪感をあらわにする。しかし、榊の話には続きがあった。

『じゃあ、これはどう？　どうやら木島組の中にスパイがいるって話だよ』

さらりと口にされたが、中身はとても軽いものではなかった。現に相手にしないと思った矢先、反射的に「まさか」と返してしまった。

『あー……スパイって言い方は適切じゃないかな。仲間外れ？　ほら、子どもの頃やっただろう？　この中にひとつだけ仲間外れがいますっていうの』

誰なんですか。

喉まで出かけた質問を、ぐっと呑《の》み込む。ここで反応すれば榊の思《おも》う壺《つぼ》だし、万が一それが事実だとしても自分が首を突っ込んでいい話ではない。

「やってません」

一方的に電話を終える。携帯をポケットに押し込んだあとも、問《と》い質《ただ》したい欲求を堪えるのに相当の努力が必要だった。

それもこれも、久遠のせいだ。

久遠がメールひとつしてこないから、榊につけ込まれそうにもなる。と、久遠の顔を思い浮かべると、ふつふつと怒りが再燃してきた。

どう考えてもひどい。宮原《みやはら》は、柚木くんに甘えてるんだねと笑っていたが、もしそうだとしても今度ばかりは許せそうになかった。

「もう、頭にきた」

ポケットから携帯を取り出す。

『返事。もしまだ無視するなら、今夜そっちに押しかける』

これでどうだと、ふんと鼻息も荒くメールを入れたが――五分待っても返信はない。ふざけんなよ、と悪態つきつつスタッフルームをあとにする。いますぐ電話をして文句を並べてやりたくても、残念ながらタイムリミットだ。

厨房《ちゅうぼう》に戻ってから午後の準備をしている間、どんな言い訳をしてくるつもりか、言い訳をしてきたところでしばらく折れるつもりはないから、と息巻いていた和孝だが——結局、梨《なし》の礫《つぶて》のまま閉店時刻を迎えるはめになった。

客や津守、村方《むらかた》の前ではなんとか普段どおり装い、店の外に出てひとりになった途端、平常心を失った。

今夜は自宅のあるマンションを通り過ぎて、久遠宅へとスクーターを走らせる。おそらく帰宅時刻には警護役の組員がいて、何事かと驚いているだろうが、そんなのは知ったことではない。

四日も放置するのは、甘えじゃなくて怠慢だとどうしても本人に言ってやりたかった。

二十分足らずで到着し、地下駐車場へスクーターを駐《と》める。エレベーターに乗ってから、そういえば別の部屋に戻っているかもしれないと思い至ったけれど、乗り込んでしまったものはしようがない。

留守なら留守で、いっそのこと本人が帰宅するまでここから店に通ってやるか、とそんなことまで考えつつ、合い鍵《かぎ》を使って玄関のドアを和孝は開けた。

リビングダイニングから明かりが漏れている。ひとの気配もあり、いるんじゃないかよと顔をしかめて足を進めると、勢いよくドアノブを引いた。

「俺のこと、忘れてるみたいだから直接——」

開口一番、予定どおり不満をぶつけてやるつもりだったが、途中で言葉を切る。というのも、そこには久遠ひとりではなく、沢木ばかりか上総までいたからだ。

帰宅してまもないのか、よほど急を要するなにかがあるのか、ソファに座った久遠はまだ上着を着ているし、沢木と上総に至っては立ったままの状態だった。

次は、ふざけんなよ、と言うつもりでいたのに、こうなった以上予定変更するしかない。邪魔をする詫《わ》びを含めて、上総と沢木に一礼をする。

「数秒あればできるはずのメールの返事がないので、直接乗り込んできました」

と言っても怒りがおさまったわけではないため、厭みったらしい言い方をしたのはもちろんわざとだった。

当の久遠は無言でこちらを見ている。急に押しかけてきた自分に対して驚きもしなければ、弁解すらする気もなさそうな視線に、上総と沢木の存在が二の次になった。

「俺がどれだけ心配したか……考えもしなかったんだ」

責めても同じだ。黙ってじっと見つめてくるばかりの久遠に、情けなさがこみ上げる。口出しするなと叱《しか》られるならまだしも、まるで値踏みでもされているかのような厭な気分だった。

「……もういい」

乗り込んできたことを後悔し、踵《きびす》を返す。そのまま出ていくつもりだったが、いきなり腕を摑《つか》まれた。

反射的に振り返る。久遠の視線は自分に注がれているにもかかわらず、苦い顔をしたのは上総と沢木だった。

「嘘をついたな、上総」

いったいなんだというのだ。

「すみません。事情が、事情だったので」

困惑する和孝の前で、上総が目を伏せ、謝罪する。声音には、申し訳なさというよりあきらめのほうが強く表れていた。

沢木は唇を固く引き結んでいる。

「…………」

ここにきて、和孝もようやく違和感を覚えた。いったいなにがどうなっているのかわからないものの、こうなっているのは自分のせいらしいというのは間違いなさそうだ。

「組の状況はだいたい把握した。もう帰っていい」

久遠の言葉に沢木がなにか言いたげな目つきでこちらを見てきたのも一瞬で、苦い顔はそのまま、上総とともに去っていく。あとに残った和孝は、これはいったいどういうことだろうと、摑まれている腕を引いた。

「……痛いんだけど」

あっさり手は離れる。なぜかそれをも怪訝《けげん》に思いつつ、久遠を窺った。

なにを考えているのかわからないのはいつものことだ。だが、その中にあって自分に向けられるまなざしやちょっとした笑い方、触れてくる手からは情が伝わってくるが――ああ、そうか。さっきから気になっていた違和感のもとにようやく気づく。

違和感どころではない。なにもかもがおかしい。

視線。手。表情。なによりまとっている雰囲気。

まるで――。

「誰？」

ぽつりと、思わずそう口にしてしまったことに戸惑う。なにを言っているのか、自分でも意味がわからない。

「ていうか、なにか、あった？」

顎を上げて、言い直す。久遠がどこかおかしいのは確かで、なんらかの意図があってそうしているのだとしても、あまりに趣味が悪い。

久遠の手が、今度は顎に添えられる。最初は冷たく感じるそれはいつものことだった。

「なに」

「いや、ゴミかと思えば、ほくろか」

「……え。なに、言ってるんだよ」

和孝は、じっと久遠の顔を覗《のぞ》き込む。

視線は合っているのに、久遠が見ているのは自分ではなく、別の誰かだ。いや、それもちがう。誰かですらない。

そのことに気づいて、咄嗟《とっさ》に久遠の手を払う。

けれど、構わず腰を引き寄せられたせいで、ほんの数センチの位置、吐息が触れ合う距離まで顔が近づいてしまった。

「俺の勘違いか？」

拒否されるのは意外だと言いたげに、久遠が問うてくる。

「……勘違いって、なにが？」

質問に質問で返す。手を払ったのは勝手に身体が動いたせいだが、強いて理由を言うなら、本能的なものだった。

これほど近くにいるのに、遠く感じる。どうしてなのか、考えるのもばかばかしいというのに。

一瞬、睫毛《まつげ》を伏せた。それが間違いだった。

「……っ」

舌先で上唇をすくわれて、過剰反応してしまう。身を硬くした和孝は、あえてそっけない態度で顔を背けたあとも唇を意識せずにはいられなかった。

キスなら数え切れないほどしたのに……どうかしている。

あっさり離れた久遠はまたソファに腰かけ、テーブルの上の灰皿を引き寄せてから煙草《たばこ》を唇にのせた。

マルボロの匂《にお》いが部屋に満ちる。こういうときにもかかわらずこの匂いを嗅《か》ぐと、落ち着くような、昂揚《こうよう》するような不思議な感覚に囚《とら》われるのはもはやどうしようもなかった。

「合い鍵を使ってこの部屋に入ってきただろう？　なにより、見た目が好みだ」

だが、これにはかっと頭に血がのぼり、余裕の体《てい》で煙草を吹かす久遠を睨《にら》みつける。そういえばこういう悪趣味な部分はあった。でもそれはずっと昔、まだ久遠が二十五歳と若く、自分は家出少年だった頃のことだ。

「いい仲なんじゃないのか？」

「…………」

なにを言っているんだ？

一瞬、聞き間違えたのかと思った。聞き間違いならどんなに安心だろう。

混乱するあまり、はっと笑い飛ばす。笑わなければやっていられないというのが正直な気持ちだった。

しかし、久遠の態度は変わらず、急激に不安感がこみ上げてくる。と同時に、違和感の正体にもやっと気づいた。

俄《にわか》には理解しがたい。理解できるはずがなかった。自分を見てくる双眸《そうぼう》も話し方も、いまの自分が知っている久遠ではなく、まるで出会った頃のようだ――なんて。
態度はそっけないのに、その目で見られると落ち着かなくなった。十七歳の自分を思い
どおりにすることくらい、久遠には容易《たやす》かっただろう。
――そんな目で見るなよ。妙な気になったらどうする。
当時を思い出すと、うなじがざわざわする。
ちがう。当時の久遠を思い出して、だ。
――あんたを見てたわけじゃない。高そうなスーツだって思っただけ。なんの仕事をし
たら、こんな暮らしができるのかって。
――なんの仕事か、聞きたいんじゃないのか？
世間知らずのガキに駆け引きなんてできるはずがない。適当にあしらわれているような
気がして、なんとかこちらを振り向かせたくて必死だった。
なぜそんなに必死だったかなんて、当時はわからなかったし、考えもしなかったけれ
ど。
「どう……なってるんだよ」
からからに乾いた唇に一度歯を立て、長い指が吸いさしを摘《つ》まむのを待ってから和孝は
口を開いた。
「ちゃんと、わかるように説明して」

久遠がスーツの肩をひょいとすくめる。

「説明もなにも事故の後遺症だ。逆行性健忘と医者は言ったか。側頭葉を強打したかららしい」

指で頭を指差すその様に、

「強打って、大丈夫なんだ?」

真っ先にそちらが気になるのは当然と言えば当然だった。

しかし、久遠は変わらず冷めた目で一瞥してくると、問題ないと答えた。

「その、逆行性健忘ってなんだよ」

知識としてはあっても、自分がそれを口にする日が来るなんて想像もしていなかった。

声に出してやっと事態が把握でき、頭から血の気が引いていく。

「冗談だろ?　もしかして俺のことを憶《おぼ》えてないって言ってる?」

久遠の症状は深刻にちがいないのに、言葉にすれば簡単だ。ようは忘れられた、それだけのことだった。

久遠自身そういう認識なのか、特に返答はない。それが答えなのだろう。

「まったく、憶えてないってこと?」

それでもまだ、からかわれているのではという疑いはどこかにあった。からかっていてくれという希望だが、こういう冗談を言う人間ではないとわかってもいた。

「二十五以降が抜けている」

「……二十五って」

久遠と自分が出会った頃。あるいは、出会う前。

「そんなの……」

つまり事故の後遺症で自分の存在は忘れられ、久遠にとっては初対面の男になっているらしい。

「知らない奴《やつ》からのメールだったんだ」

は、と乾いた笑いが出た。どうりでいつまで待っても久遠からの返信がなかったわけだ。上総からわざわざ電話があったのも、こういうことだったかと合点《がてん》がいく。

久遠の言った二十五は、自分と会う前という意味。だからこそのこれまでの言動だし、雰囲気や表情に違和感があるのは当然だった。

二の句が継げられず、唇に歯を立てる。実際、なにを言えばいいのか、まったく言葉が浮かんでこなかった。

忘れられた、それが事実だ。

事故だったのだからしようがない。怪我がひどくなくてよかった。本来ならそう思うべきかもしれないし、実際に知った直後は心から安堵した。その気持ちに嘘はない。

でもいま、胸の奥底からこみ上げてくるのは、久遠への失望だ。理不尽なのは百も承知だが、あっさり忘れられてしまったことがショックで、腹立たしい。

「……一過性のもの？」

ようやく口から出た声はひどく掠《かす》れていた。

「そうかもしれないし、一生このままかもしれないと医者は言っていた」

まるで他人事《ひとごと》みたいな口調が癇《かん》に障る。久遠にとって自分は忘れてもいい程度の存在なのかと、どうしようもないとわかっていながら責めたくなってくる。

「ぜんぜん、笑えないんだけど」

眉根《まゆね》が寄る。

同意するかのように久遠が片笑み、唇にのせた煙草を上下に揺らした。

片頬《かたほお》だけで笑う癖が好きだ。が、同じ表情でもまるでちがって見える。上目遣いで見据えられると、居心地の悪さしかない。

あの頃もそうだった。

久遠の視線に胸がざわめいた。冷たいような、熱いようなまなざしになんとか耐えようとしたが、十七歳のガキには難しかった。

——んだよ。俺の顔に、なにかついてる？

ぶっきらぼうにそう問うのがやっとだった。

——ああ、ついているな。

久遠の返答に、食べていた菓子の欠片《かけら》でもついているのかと顔に手をやったものの、心中は穏やかではなかった。自身の子どもっぽさが恥ずかしくてたまらなかったのだ。

——なにが。

必死で取り繕って問い返すと、久遠は唇の下を指差した。

——それ、ほくろだから。

ふっと久遠が笑った。いまと同じように。

——見られていると思うのは、それだけ自分も見てるってことだ。

どうしてこんなことを思い出しているのか。久遠の笑い方のせいか、それとも目つきのせいか。

あのときもずっと自分は久遠を見ていたし、現在進行形で見続けている。少しでも知りたくて、一歩でも近づきたくて。

「で？　そろそろ自己紹介してくれないか」

ひとの気も知らず、久遠は涼しい顔でそう言ってくる。

和孝の答えは、決まっていた。

「厭だね」

薄情にも忘れた奴に用はない。だから一刻も早く自力で思い出せばいい。言外にそう伝え、久遠に背を向ける。

「帰る」

その一言を最後にリビングダイニングを出て玄関へ向かう。追いかけてきてくれるなんて期待していなかったけれど、呼び止めもしなかった久遠に、靴を履きながら「くそっ」と毒づいた。

部屋に乗り込んでしまったことを悔やみつつ、スクーターで帰路につく。頭の中はぐちゃぐちゃで、なにをどう考えればいいのかすら判然としないまま自宅へ帰りついた。

まっすぐバスルームへ向かい、今日はシャワーですませる。疲れがとれるどころか増しているような気がするのは、けっして勘違いではないだろう。

寝室でレシピノートを手にとってからも、そちらに集中できるはずがない。少しも冷静になれないうえ、

「俺がわからないとか、なんだよそれ」

あらためて口にしてみると、急に現実味が増した。

「漫画みたいな話」

できるだけ軽々しく言っても同じだ。失敗したばかりかよけいに脳天がひやりとする。

二十五歳まで。

だとすると、久遠は自身が裏社会に足を踏み入れた経緯はちゃんと憶えているということになる。両親を死に追いやった人間を探すという唯一の目的も、そのための出世欲もま

だ久遠の中に明確にある頃だ。

おそらく他の組員にとっていまの久遠は絶対的であると同時に、怖い存在でもあるのだろうが、和孝自身の場合は真逆だ。昔ほど顔色を窺わなくてすむようになったし、むしろ落ち着いて見える。

もっともそれは自分にも言えることで、ふたりで築き上げてきた関係の変化がもたらしたものにほかならなかった。

それが、全部白紙に戻ったということか。

振り出しに戻るなんて、ボードゲームじゃあるまいし……レシピノートをサイドデスクに置くと、ベッドにごろりと横になる。ここのところ久遠からの連絡を待って熟睡できていなかったので、意地でも眠ってやろうとぎゅっと目を閉じてみたが、やはり今夜も安眠とはいかなそうだった。

考えたくないのに、次から次に過去の出来事が脳裏に再現される。

雨の日に出会った公園。花柄の傘。やくざと知り、他人に手を上げる場面を目にして、逃げ出したこと。BM《ビーエム》での再会。中華街に監禁されたときは約束どおり救い出してくれ、その後数日間ずっと傍《そば》で寄り添ってくれた。

聡《さとし》が去ったとき、BMが焼失したとき、料理学校に通って、Paper Moon《ペーパームーン》を始めたとき。

出会ってから今日までの十年間、常に久遠の存在があった。離れていた七年ですら忘れられず、亡霊みたいだと意識し続けていた。

こうなって、図らずも気づかされる。十年前、自分が久遠のもとを去ったのはやくざだと知ったからでも、他人に手を上げる場面を目の当たり《ま》にしたからでもなかった。男たちへの侮蔑《ぶべつ》のこもった久遠の双眸を見て、いつかあの目を向けられるのは自分かもしれない、一瞬の想像が言いようのない不安をもたらしたのだ。

なまじ身体ばかり繋《つな》がったせいでなおさら怖かった。

それを避ける方法はひとつ、久遠から離れることだった。

まだいまなら大丈夫。まだ傷ついていない。そう自分に言い聞かせながら。

「一生思い出さないかもしれないって？」

急に寒気を覚え、上掛けを両手で手繰《たぐ》り寄せる。突き放されたような、裏切られたような心細さには心当たりがあった。

久遠の記憶が二十五歳で止まっていると聞いて、どうやら自分も十七歳の頃に戻ってしまったらしい。

この感情は、あのときと同じだ。黙って逃げ出したのに、捜しもしてくれなかった久遠に対して、所詮《しょせん》自分はその程度の価値しかなかったと思い知らされたときと。

本当に一生思い出さなかったら？

自分はどうすればいいのだろう。積み重ねてきたものすべて、また一からやり直す？　そもそもやり直しなんてできるのか。

「………」

忘れられたのなら、久遠がまた自分の手をとるとは限らない。別の誰かを選ぶことも大いに考えられる。

始まりは強引だった。高校生とやくざ、本来ならけっして交わらないはずのふたつの道を、身体を重ねることで無理やり寄せたのだ。

それがなくなってしまえば、容易く離れてしまうだろう。

花柄が瞼《まぶた》の裏にちらつく。忘れていたはずの彼女の言葉も耳にこびりついたままだ。あのとき花柄の傘の持ち主は、「情をかける相手は別にいて、他に与えるだけのものが残ってなかっただけ」そう言って静かにほほ笑んだ。

知らず識らず顎を触《し》っていて、顔も知らない相手をぼんやりと思い浮かべていたことに気づき、すぐに手を上掛けへと戻した。

「なんで、こんなこと」

久遠の傍にいるとトラブルや災難はつきものだ、平穏な生活なんて望めないと半ばあきらめの境地に至っていたが、よもやこういうオチがつくとは——予想だにしていなかった。

当事者である久遠がもっとも大変だというのは理解しているつもりだ。もし自分だったらと思うと、ぞっとする。過去に戻るなんてごめんだし、こちらは知らないのに一方的に知られている十年間があるなんて、恐怖以外のなにものでもなかった。

重々わかっていても、やはり忘れられたというショックは大きい。同じことばかり考えて、落ち込んでいる自分にも腹が立ってくる。

「……なにやってるんだか」

和孝は目を開け、とうとうため息をこぼした。

ここまできて知らん顔なんてどうして許せるだろう。この十年は自分にとってけっして忘れられるようなものではないし、腹をくくって選んだ道だ。

久遠さんだってそうだろ。

天井に向かって小さく呟《つぶや》いた和孝は、言いようのない不安を脇《わき》に押しやり、無理やり頭を切り替える。とりあえず久遠の無事を確認できたのだからよしとしよう。その事実を喜ぶべきだ。

いまは自分に、くり返し言い聞かせるしかなかった。

翌日、出勤してくるとすぐに近づいてきた津守は、久遠について問うてきた。

「連絡はついた?」

今日使う魚を処理していた手を止めた和孝は、うんざりしたふうを装い、ことさら愚痴っぽい返答をした。

「やっとついた。ほんと、ないがしろにするのもいいかげんにしてくれって感じ」

忘れられたなんて言えるはずもない。言えば不要な心配をかける。自分にしてみれば、これ以外に答えようがないというのが本音だったが、やはり津守を騙《だま》すのは難しかった。

作り笑いならすぐに見抜くし、ほんの一瞬目を伏せただけでもなにかあったと察してしまう。警護対象者の些細《ささい》な変化に気づくよう訓練されているからだと、以前話してくれたことがあったが、もともとの性格もあるのだろうと思っている。

「そうか。ならよかった」

気づいてもよけいな追及はせず、流してくれるのも気の回る津守らしい。

それは村方も同じだ。津守とのやりとりでなにかあったと悟っても、いつもの笑顔で場を盛り上げようとする。

「本当によかったです。事故って、ちょっとしたタイミングで大変なことになったかもしれないじゃないですか。そう思うと、当事者も家族も、周りの人たちも強運だなって」

「当事者も家族も、周りの人たちも、か」

村方の言うとおりだ。誰も死ななかったから、誰も泣かずにすんだのだ。これほどの強運はない。

そう思おうとするのに、やはり素直に喜べなかった。

「そういえば、クリスマスのターキーなんだけど、塩麴《しおこうじ》に漬けてみようと思うんだ」

あからさまなのは承知で話を変える。

ふたりはすぐに乗ってきた。

「あ、いいですね。しっとりするかもですよ」

そう村方が言うと、

「まあでも、ターキーを選ぶお客さんはジューシーさより歯応《はごた》え重視じゃないのか？」

津守がまっとうな疑問を投げかけてくる。

「でも、ターキー食べたことないひとも好奇心で頼まれるかもしれないじゃないですか」

「村方みたいに？」

「そう、僕みたいに——って、もう！　津守さん、揶揄《からか》わないでください！」

ふたりのやりとりを前にして、むしょうに胸の奥が締めつけられる。

これこそが自分の日常だと、そう思ったのだ。

いいときも悪いときも三人でPaper Moonを守り立てていく。目下の優先事項はクリスマスと、その先にある一周年の記念パーティだが、月の雫をどうするかというのが加わった。

村方は接客の合間を縫って調理にも積極的だし、津守は津守でカクテルの勉強をしていると打ち明けてくれたばかりだ。

三人で話し合い、力を合わせていけばなんとかなると、あらためて前向きになっていたところだった。

久遠さんのことだって俺の日常なんだよ、とこの場にはいない男の顔を思い浮かべる。

穏やかな日常とは言いがたいが、それでも傍にいようと、もうずっと前に決めた。世間がなんと言おうと、どんなに悩み、迷おうと自分がそうしたいのだからしようがない、と。

厨房で下ごしらえの続きに戻った和孝は、古い記憶を脳裏によみがえらせた。

あの頃の久遠の考え方は、単純明快だった。必要か必要じゃないか、選択基準はそれだけだったのだ。少なくとも自分にはそう感じられたし、現に「それは必要か？」と問われたことが何度かある。

そのせいで、必要じゃないと突き放される瞬間が来るのを恐れていた。そうされる前に自分から離れてやろうと思うほどに。

結局、離れることができずにぐずぐずしていたおかげでこうなっているが、それを忘れてしまったいまの久遠なら、不要と判断した途端にあっさり切り捨てるのではないか――

と、そんな気がしてこれほど焦っているのかもしれない。

以前の自分は、久遠を誰より信じられなかった。嘘だらけだと疑心でいっぱいだった。記憶というのは、双方が共有していて初めて成り立つものだと実感する。一方が忘れた時点で、それは意味をなさなくなるのだと。

連絡を待っている間は、苛立ってはいたが本人からメールのひとつも入れば安心できると考えていた。まさかこんなふうになるなんて、誰が想像できるというのだ。

いや、上総から電話があった時点で胸騒ぎはしていたし、これまでとはちがうと予感していた。

「オーナー」

村方に声をかけられ、我に返る。野菜を洗う傍ら、鼻に皺《しわ》を寄せた村方は硬い口調で切り出した。

「僕、それとなく榊には気をつけるよう父親に言ったんですけど、いまのところまるで聞く耳を持ってもらえてません。親孝行で優秀で、愉《たの》しい男だって信じてます」

それはそうだろう。プライベートでつき合いがあって好感を抱いているなら、いくら息子からの情報とはいえすぐに鵜呑《うの》みにはしないはずだ。

「しょうがないよ」

「だから、とりあえず作戦を変えました。どんなひとなのか、父親から聞き出すことにします」

めげないところは村方らしい。村方から出る言葉は常に前向きだ。

「うん。でも、あんまり無理を――」

なにかが引っかかり、そこでいったん口を閉じる。なんだろうと首を傾《かし》げた和孝は、魚に落としていた目を村方へ向けた。

「親孝行？」

「はい。ご両親は昔から自慢の息子さんだって」

「村方くんのお父さんは面識があるんだ？」

「みたいですけど」

村方には、どうしてこの部分に食いつくのか不思議なのだろう。和孝にしても、そうと答えたきり、理由は説明しなかった。

単純な話だ。

つまり榊は嘘をついた。母子家庭で育ち、これから親孝行しようという頃に母親を亡くしたと言ったあれは、作り話だったということだ。

なんのためにそんな嘘をついたのか、自分には見当もつかない。たいした理由はないのかもしれない。

――やっとの思いで司法試験に合格して、これからは楽をさせられると思っていた矢先に呆気《あっけ》なく母は亡くなってしまって——母に幸せな時期はあったんだろうかと、いまでも考えてしまうんだ。

「どうかしましたか?」

村方に問われ、かぶりを振る。

「なんでもない。ただ、人間っていつどうなるかわからないんだなって」

「そんなの、レアケースですよ」

どうやら榊の話だと思ったらしい。村方は、ふんと鼻を鳴らした。

「普通は仲良くなりたいから近づくものでしょう? 急に態度を変えるような奴のことまでは予想できなくて当然です」

そうだな、と返答する。

村方は勘違いしたようだが、その言葉はあながち的外れでもなかった。

仲良くなりたいから近づくというのは真理だ。それなら自分は、あきらめずに久遠に近づき、纏《まと》わりつくしかないのだろう。

思い出させるために。

たとえ思い出さなくても。

……なんてことを考えるから俺はちょろいんだな。

自虐的な気持ちも一緒に振り払うと、ふたたび下ごしらえにとりかかった。表面上は普段どおりを装う。しかし、やせ我慢もいつまでもつか。
乱れた感情ばかりはどうすることもできなかった。

3

木島《きじま》組のビルは、久遠《くどう》が組長の座についたときにリノベーションしたものだ。一階にはガレージと事務所、応接室等があり、二階が部屋住みの組員の住居、三階は上総《かずさ》が仮住まいにしているゲストルーム、大会議室、それからおよそ十五畳ほどの組長室という間取りになっている。

大きな窓を背にしたデスクに、ソファにテーブル。壁一面使った造り付けのキャビネットはテレビ台兼書架として使用されていた。

部屋の主である久遠は、内装にも調度品にもまるで見憶《みおぼ》えがないのか、真っ先にデスクに歩み寄り、マルボロに手を伸ばす。自身の持ち物と確実に言えるのは、それくらいなのだろう。

椅子《いす》に座るや否や煙草《たばこ》を唇にのせ、ようやく室内を見渡す。キャビネットの隅に置かれた洋酒とその横にあるグラスに目を留めるとさっそく、

「そのバカラは、親父《おやじ》の形見です」

先回りをして上総が答えた。

有能な右腕だ。組の歴史と現状について、頭に入れておくべきことは上総が久遠へ口頭

で説明した。それに加えて細かな部分は資料まで用意して渡す一方、自身を含め組員の情報に関してはリスト化して箇条書きという簡素なものだった。

たとえば木島の晩年については胃がんで三年闘病した後に亡くなったことのみで、上総本人に至っては若頭ということ以外なにも、だ。

――自分のことは、上総と呼び捨てにしてください。

最初に久遠にそう言ってから、なぜ自分で木島の跡を継いで組長の座につかなかったのか、もしくは自ら組を持たなかったのか、今日まで語られていない。

久遠が問《と》い質《ただ》さなかったのはあえてだろう。たとえ聞いたところで、上総ならばその器ではないと一言ですまされるのは目に見えていた。

木島に対する恩義を上総はいまも忘れていない、それだけは確実だ。

「組員たちに特に変わった様子はないので、このまま自分と沢木《さわき》の三人以外には黙ったままでいましょう」

久遠がキャビネットから、目の前に立つ上総へ視線を戻す。

異論はないのか、軽く顎《あご》を引いた。組長が記憶をなくしていると下手《へた》に伝えて混乱を招くくらいなら、上総の言うとおり三人だけで共有したほうがいいというのはそのとおりだった。若頭補佐の有坂《ありさか》や古参の組員たちからあとで不満が出たとしても、考えるべきは現状だ。

「それと」

上総は一度言葉を切ると、特別なものであるかのようにその名を口にのぼらせた。

「柚木《ゆぎ》さんとは、ちょうど連絡を絶っていた時期だったので、引き続きこのままでお願いします。彼は他の組員のようにはいきません。おそらく察するでしょうし、そうなったら」

「厄介、か？」

上総が遠慮した一言を久遠は明言する。厄介という言葉が真っ先に出てくるということは、いかにも面倒そうな奴《やつ》だったという印象を抱いたからにちがいなかった。

なにしろ自宅へ乗り込んだあげく、自己紹介も拒否して帰っていったのだ。

「はい。いろんな意味で」

だからこそ上総も、その場しのぎであっても「存じ上げません」などという一言で素知らぬ顔を決め込んだのだろう。

「もう話した」

久遠がそう言うと、眼鏡の奥の双眸《そうぼう》が一瞬、すいと細められる。

「――どこまで」

「ありのままを」

上総は、若いときから目端が利き、怜悧《れいり》で、常に組全体の利益を考えているような男だった。面倒見がいい面もあり、他に自宅がありながらほぼ毎日のようにゲストルームの一室で寝泊まりするようになったのも若い組員たちのためだというのは周知の事実だ。

その上総が言い淀《よど》むのだから、柚木は単なる気の強い、綺麗《きれい》な青年ではないとわかる。

それは、記憶を失っている久遠の目に好奇心が浮かんだことでも証明された。

「そうですか。ただ、こういう状況ですし、事情が事情ですので連絡をとるのは控えてください」

よほど彼のことを気にしているらしい進言も、すでに手遅れだった。久遠は事務所へ顔を出す前に、先日のメールに対する返信をすませていた。

今夜来るか、と。

数分で返ってきたので、その後も二、三やりとりをした。

『来るかって、どこの部屋にだよ。それに店が終わってからだと十一時過ぎる』『広尾《ひろお》にするか』『疲れてたらドタキャンするから』『合い鍵《かぎ》を使っていい』『話が嚙《か》み合ってないんだけど』

ふっと口許《くちもと》が綻《ほころ》んだのは、彼の不貞腐《ふてくさ》れた様子を目に浮かべたからかもしれない。そのときの久遠の表情は、どこか愉《たの》しげでもあった。

「俺は――」

上総が困ったと言いたげに手をこめかみへ持っていく。上総が「私」ではなく「俺」と言ったからには、個人的な話であるのは間違いなかった。

「じつのところ彼に会う前までの記憶でよかったと思ったんですよ。不幸中の幸いと言ったのは、そういう意味でもありました」

「正直だな」

「こんなときに取り繕っても仕方ないですから」

上総の言うとおりだ。こういう状況になったからには、腹の探り合いをするより本音で話をするほうが結果的にうまくいくことが多い。下手に濁すと、その場はよくてもあとから齟齬《そご》が出やすい。

くいと眼鏡のフレームを上げてから、上総は苦笑いを浮かべた。

「なんでしょうね。俺はあなたと彼の間になにがあったのか、昔のことは知りませんが、過去をなぞるように同じことをくり返すんじゃないかという気がしてならないんです」

厄介だと言うのも頷《うなず》ける。上総にしてみれば、柚木は不穏分子も同然らしい。

「過去をなぞろうにも、俺はまったく憶えていないが」

「だからです。昔のご自分のことは憶えているでしょう？　いまよりずっと排他的で、ぎらぎらしてましたよ」

その言い方に、久遠がふっと小さく吹き出す。

「排他的でぎらぎら、か」

それについては、久遠を知る者なら誰ひとり否定しないはずだ。久遠が裏社会に足を踏み入れた理由はひとつ、両親を死に追いやったのは誰なのか、明らかにするためだったのだから当然と言えば当然だった。

当時わかっていたのはやくざが関与していたということだけで、どこの誰なのかようとして知れず、自力で真相に辿《たど》り着《つ》くには出世が必要不可欠。そのために久遠が強引なやり方に出たのは一度や二度ではなかった。

上総の言葉は、それを傍《そば》で見てきたからにほかならない。

「だとすれば、なおさら同じとはいかないんじゃないか」

両親の件がすでに解決済みだと久遠が知ったのは、逆行性健忘と診断された直後だった。

――植草《うえくさ》はまだ生きているのか？

もしそうならこの手で、と、口にはしなかった久遠の心情が上総にははっきり伝わったのだろう。

――とっくに死にました。

上総にしては直截《ちょくせつ》な返答をした。

それに対して残念だと答えた久遠に、さらにこうも続けた。

――木島組は組長ありきだということを、くれぐれも肝に銘じておいてください。

ああ、と久遠の返答は一言だった。

言葉とは裏腹に、両親の死の真相を突き止める、当人には必ず報いを受けさせるという目的を失ったからか、久遠の双眸から明らかに熱意が失われていた。いっそ自身の肩書に未練がないようにすら見えた。

留《とど》まったのは、木島の残した組を守らなければという使命感からにちがいない。記憶をなくしている久遠には木島の死は寝耳に水だったろうが、当人にとって幸か不幸か、すべてを放り出すわけにはいかない状況とも言えた。

「それで、岩崎《いわさき》だったか、事故の相手はいまどうしてる？」

ブレーキも踏まずに衝突してきたからには、相手は自死の覚悟があったはず、という意味の問いだ。果たして対価はなんだったのか、男は顔に怪我《けが》を負ったせいで現在話せる状態ではないらしく、命じた人間を含めてまだなにも明らかにはなっていない。わかったのは、不動清和会《ふどうせいわかい》四次団体、山下《やました》組の岩崎 博《ひろし》という名前のみだ。

「話せるようになるまで、あと一週間程度はかかるようです」

「できるようになったところで、か」

直接命じたのは斉藤《さいとう》組でも、資金源が必ず他にあると考えるのはいたって自然だ。が、それを末端の岩崎が知っているとは考えにくいため、木島組が接触したところで徒労に終わる確率は高い。

となると。

「斉藤組の現組長は瀬名《せな》だったか。いっそ瀬名を締め上げたほうが早いな」

「締め上げるにはそれなりの証拠が必要でしょう。時間をかけてきたことが無意味になります」

証拠か。久遠が面倒そうに呟《つぶや》く。

いまの久遠を見て上総が危ぶんでいるのはこういう部分だろうと、ぴくりと眉《まゆ》を動かしたその表情ひとつとっても明白だった。

相手は斉藤組だ。力を失ったとはいえ、斉藤組の前組長植草は四代目候補に名前が挙がった男で、不動清和会には婚姻による親族も多い。

対して、木島組の組長は経験値も頭の中も二十五の若造なのだ。

「内々で片をつける、だったな。おまえの説明は頭に入っているから安心しろ」

三島《みしま》に詳細を知られる前にという考えは一貫している。三島ほど底の知れない男はいないし、四代目会長の座についていると聞かされたとき、久遠をして覚えず天を仰いだほどだ。

順当といえば順当ではあるし、万が一にも植草だった場合、三代目が築き上げた一枚岩は見る影もなく砕けていただろうと思うと最善だったのは確かだが。

そのとき、デスクの上で携帯が震え始める。

「あのひとはこの部屋に盗聴器でもつけてるんじゃないのか？」

うんざりした表情になった久遠だが、立場的に無視するわけにはいかない。そんな真似《まね》をすれば、次の電話で三島がどんな皮肉を並べ立てるか。三島は存外根に持つタイプだ。

「はい」

電話に出た久遠の耳に、同情のこもった声が届く。

『災難だったなあ、久遠。心配したんだぞ』

これほどわざとらしい言葉はない。本人も百も承知で、心配という部分を強調しているにちがいなかった。

昔から三島は、新参者に対しても古株に対しても同じスタンスだ。自分から親しげに近づいておきながら、時折、思い出したように、敵になったら容赦はしないと威圧するのだ。

たとえ表面上であろうと、若造なんぞ相手にしないというスタンスの他の幹部連中がまだ可愛《かわい》く思えるほどだった。

だからこそ四代目の地位まで上りつめたとも言える。

『元気そうでよかったじゃねえか』

「おかげさまで」

『俺はまた今回の一連の件はおまえが裏で絵を描いた自作自演かもしれねえって思ってた

んだがな。どうやらちがったらしい』

三島が笑う。

まさか命がけで事故まで演出するほどばかではないよな、という意味だろう。

『まあ、どっちにしても早く片をつけろ。こうなったらだらだら長引かせてもしょうがねえだろ。そろそろみなを黙らせておくのも限界だ』

まだ若頭としておまえの首が繫《つな》がっているのは俺のおかげだとでも言いたげな、恩着せがましい忠告をした三島が、一度口を閉じる。

『それはそうと』

次には、がらりと口調が変わっていた。

こちらが本題のようだ。

『この前の件だがよ、どう落とし前をつけるつもりだ？　俺を無視して勝手に帰ったこと、許さねえって言ったよな』

脅しを含んだ声音だが、この前のと言われても無論久遠にわかるはずがない。だが、いまの状況を三島に知られると困るのは木島組のほうであるため、できる対応は謝罪のみだ。

「すみません」

『は？　まさか口先だけですむとは思ってないよな？　言い訳くらい聞いてやろうって、

わざわざこっちから電話をかけてやってるんだ』

　わざわざを強調した三島には、言い訳を聞く以外の目的があるのは明白だった。

問うまでもない。やくざの謝罪は金と相場は決まっている。

「言い訳を、電話でですか？」

『直接来て話せ』

　案の定の返答に、久遠が上総にちらりと視線を流す。

『今日は用事があるから、明日の午後にしろ。ああ、それとな、今月のカスリを負けてくれと顧問から申し出を受けてな。まあ、老人の頼みを無下にするわけにはいかねえだろ？そのぶん、おまえが肩代わりしろよ』

　三島の話は無論提案ではなく決定事項なので、拒否権はない。返答はひとつだ。

「承知しました」

『時間は追って連絡する』

　満足げな一言を最後に、久遠は携帯をデスクへ置いた。

「面倒なことを」

　三島の目的は金であって、わざわざ足を運んだところでろくに言い訳を聞く気などないのだから久遠がうんざりした表情になるのも当然だ。

　が、問題は他にもあった。

「通常のカスリとは別に用意するのは、一本でいいですか？」

「詫《わ》びとして二本、もう一本は顧問が払えない分の肩代わりだ」

「顧問の？」

上総が怪訝《けげん》な顔をする。それもそのはず、鴇田《ときた》組は地域に根差した古い組なので、大きな金額は見込めない半面、昔から安定しているという話だ。

反社反社と世間に叩《たた》かれる時世、鴇田組のような組は貴重とも言える。それゆえ、会に納める上納金は三代目の頃から変わらず、顧問という立場のわりに便宜を図ってもらっているはずだった。

となると——決まった額を払えない事情が急にできたということになる。

「顧問の娘婿は植草の甥《おい》だったか」

上総が作った資料の相関図は、久遠の頭に入っている。早くも役立てるときがきたらしい。

「顧問に会う必要がありそうだな」

「直接ですか？」

「ああ、気難しい年寄りは、電話じゃ本心を話してくれないからな」

そう言うが早いか、アポイントメントをとるために久遠自ら顧問に電話をかけ、半ば押し切る形で今日会う算段をつける。急いだのは先方に対策の猶予を与えないため、言葉どおり、昔気質《むかしかたぎ》の頑固者に回りくどいやり方をしていてはいつまでたっても埒《らち》が明かないとの判断からだろう。

「なんだか妙な気分です」

電話を切ったその手を久遠が煙草に伸ばしたとき、上総が苦笑した。

「目の前にいるのは、よく知るうちの組長であるのは間違いないのに、やっぱりどこかちがうんですよ。懐かしいと言うか、ちょっと昔を思い出してこっちまで引《ひ》き摺《ず》られそうです」

上総の言わんとしていることは、久遠も自覚しているにちがいない。ふたりとも若かったというのもあるが、会内での地位を確立するために当時はがむしゃらに走り回っていた。久遠としては、自身の事情に巻き込んだという意識があったようだが、合併吸収という格好で外から入ってきた上総には上総なりの立場や思惑があったのも事実だった。

いつだったか、先代の木島が言ったことがある。

——縁というのは不思議なもんだ。うちの組員になった上総と、一般家庭からこの道に入ったおまえは、いずれうちの屋台骨になる。

その頃はまだ久遠も上総も一介の組員にすぎず、役目もちがったため接点はそれほどなかったものの最短距離を進もうとする部分では考え方が似通っていた。そうなれるように努力しますと木島に返したあの言葉には、久遠の本心が込められていたのだ。

「止めるか?」

久遠が問い、

「止めませんよ」

上総が答える。現在のふたりを木島が見たなら、どんなにか喜んだだろう。

「そういえば」

煙草を唇にのせる傍ら、久遠が世間話であるかのように切り出した。

「俺が勝手に帰ったと三島さんがお冠だ。なんの話なのか、わかるか?」

一方で、世間話のつもりでないというのは、上総を見る視線に表れている。今度は嘘《うそ》をつくなと牽制《けんせい》の意味もあるようだ。

「柚木さんの行方がわからなくなったときでしょうね。私は同席してなかったので憶測ですが、三島さんの許可を得ずに場を辞した、ということがあったかもしれません」

実際はそう軽い話ではないにもかかわらず、上総にしてもしれっと返す。久遠から問われるまで、あえて口を噤《つぐ》んでいたのは想像に難《かた》くない。組に関する話は事細かに伝えてきた一方、不自然なまでに柚木の名前を伏せ続けた。

上総自身、黙り通せるとは考えていなかったはずなのに故意にそうしたとなると、そこになんらかの意図があるのは明らかだ。

「そうまでしてあの青年を俺から遠ざけたいってことか」

はい、とあっさり上総は認める。

「彼の記憶をなくしているいまなら、それができるので」

「厄介だからというだけで？」

言葉を選ぶためか、一拍の間の後、上総は先を続けた。

「メリットとデメリットを天秤《てんびん》にかけたんです。迷ったという時点で、どれほど厄介な相手なのかわかるでしょう？」

は、と久遠は鼻で笑った。

「俺を試すなよ」

「――申し訳ありません」

上総は頭を下げたが、久遠の目はその姿を捉《とら》えていなかった。おそらく考えていたのは柚木のことだ。柚木にとって自分はどんな存在なのか、忘れているだけにもどかしい部分もあるだろう。

彼は特別で、けっして無視できない存在であるのは事実だ。

これまで久遠が同性に惹《ひ》かれたことはない。それ自体は些末《さまつ》なことだ。外見が好みだから興味本位で手を出してみた、その程度ではないことのほうが重要だった。

上総の態度。なにより柚木自身がそれを物語っている。

久遠を見た彼の双眸にはあらゆる感情がこもっていた。にもかかわらず、無理やり抑え込もうとする姿はけなげですらあった。

あの綺麗な顔の下にどれほど激しい気性を隠しているのか暴いてみたいと、会った瞬間久遠が考えたとしても少しも不思議ではない。

いまの久遠にとって柚木和孝《かずたか》は、唯一とも言える異質な存在だ。

「ほどほどにしてください。柚木さんは堅気《かたぎ》なんですから」

上総の忠告を、久遠は無言で聞き流す。

もともと感情を表に出す人間ではなかった。そうしたところで無意味だという考えで、それには両親の死も影響しているようだ。

だが、何事にも例外はある。

「一時間後に車を回すよう沢木に伝えてくれ」

久遠の指示に、上総は目礼して部屋を出ていく。部屋にひとり残った久遠は、一服する傍ら、

「植草か」

その名を呟いた。

植草は四代目候補に挙がった男であると同時に、久遠にとっては両親の仇《かたき》でもあった。

当人は若い時分から久遠をあからさまに嫌っていたが、そういう事情も関係していたにちがいない。

一方では戦国武将でも気取っていたのか、婚姻関係を結んで会内に親族を増やしていた。娘は父親に似ず、甥や姪《めい》もそれなりに美形だというのも植草には都合よく働いたようだ。正妻以外に愛人が複数いたというが、それも計算のうちなら腹黒い男だけのことはある。

今回の一連の出来事は、植草の死に起因した木島組への宣戦布告だ。

実際に関与したのは三島だと認識していながら、もともと植草が敵対視していたからか、それとも損得勘定が働いたのか、あるいはその両方なのか、斉藤組は標的を結城《ゆうき》組ではなく木島組に定めた。

砂川《すなかわ》組の残党は、まんまと利用されたというわけだ。

となれば木島組がやるべきことはひとつ、疑わしい人間をひとりずつ潰《つぶ》していけばいい。だが、現実に久遠は他の方法を選んだ。

――時間をかけてきたことが無意味になります。

抗争になる前に、不穏分子の芽を摘《つ》むことを優先したためだ。理由ははっきりしている。芋づる式に犯人を暴くデメリットを考えたからにほかならなかった。

裏稼業は、近年大きく状況が変化した。喧嘩《けんか》上等と、地位の確立に躍起になっていた頃と同じやり方をしていては存続すら危ぶまれる時代だ。やくざなんてどうせ喧嘩《けんか》稼業、陣取り合戦も同様という考え方はすでに古い。いまはどの組であっても時世に合わせて生き残るのが重要だった。

木島組が不動清和会のてっぺんを目指すならなおのこと。

吸いさしを灰皿に押しつけた久遠が、椅子から腰を上げる。

顧問宅へ向かうのはまだ早いが部屋をあとにし、エレベーターを使って階下に向かった。エレベーターの扉が開いた瞬間、騒々しさに眉根《まゆね》を寄せた。

玄関では、数人の組員がひとりの客人を取り囲んでいる。

「何事だ」

組長の問いかけに、近くにいた者が背筋を伸ばして返答した。

「知り合いだって名乗ってるんですが、親父に会わせろってしつこく食い下がってきます。なんの用か聞いても、直接本人に言いたいの一点張りで」

「知り合い？」

「弁護士らしいです」

久遠が首を傾《かし》げるのも無理はない。まともな弁護士であれば、やくざの組事務所に単身乗り込むような真似はけっしてしないはずだ。

「上総は？」

「頭はついさっき所用で出かけられました」

組員に囲まれている男の目が久遠を捉える。途端に笑顔になった男は、親しげに右手を

高く上げた。

「あ、久遠さん!」

まるで物怖《ものお》じする様子はない。組員たちがぎょっとするなか、ここがどこであるかも気にせず久遠に向かって話しかける。

「先日は失礼しました。榊《さかき》です! 久遠さん、お身体《からだ》は大丈夫ですか?」

困惑顔の組員たちを視線で制した久遠は、客人——榊に自分から歩み寄った。

「弁護士先生がこんなところまでなんの用でしょう」

上総のリストに榊という名前はなかったが、知らない男だとは言い切れない。上総は、柚木に関する部分を意図的に排除していた。

榊が組員の脅しにも屈せず居座っているのは、なんらかの目的があるからだろう。

「心配したんですよ。あなたが反社会的存在であることと、怪我をされたことは別ですから」

にこやかな表情。三十代半ばにしては不似合いなまでの屈託のない笑顔は、無垢《むく》な少年さながらに見える。

「それはまた親切なことで」

誘い水だろう久遠の一言に、榊は組員に揉《も》まれたせいで乱れた上着やネクタイを気にしつつ、笑顔のまま答えた。

「親切ではないです。反社と親しくする気はないですし。ただあなたになにかあれば、和孝くんが傷つくので元気でいてもらわなければ困るというだけで」

久遠の視線が、一瞬、横に流れた。その口許に微《かす》かな苦笑も浮かぶ。短い間にその名前を何度聞かされたかと、呆《あき》れているようだ。

榊は、まだ言い足りないとばかりに無礼な言葉を重ねる。

「和孝くんにとってあなたは害悪でしかない。彼を思うならすぐにでも身を退《ひ》くべきです。今回の件はいい機会だと思うので、それをお願いしに来ました」

事故後、久遠は大勢から連絡を受けた。会以外の人間に限れば、宮原《みやはら》、津守《つもり》。ふたりは見舞いの言葉のあと、決まり文句も同然のことを口にした。

――柚木くんのことは僕らに任せて。

――柚木さんの警護は、しばらくうちの会社から人員を出しましょうか？

彼らにしても、いまの久遠には目の前にいる榊と変わらないはずだ。しかし、対応は明らかにちがった。

「身を退くかどうか、それを決めるのは『和孝くん』じゃないのか？」

挑発めいた一言を投げかける。

わかりやすく榊は不機嫌になった。

「彼のことを、まるで考えてないんですね。僕は……やっぱりあなたが嫌いだ」

度胸があるのは間違いない。それとも、自分は大丈夫という確証でもあるのか。

暴言を吐いた榊に、組員たちは色めき立つ。

一触即発の空気が漂うなか、

「てめえっ」

真っ先に動いたのは、出先から戻ってきたばかりの沢木だった。

「なんの用で来やがった！」

いまにも殺しそうな剣幕で迫る沢木に、他の組員たちも負けじと怒号を飛ばす。いまや榊は、完全に敵だ。

「沢木」

それを制したのは、久遠だった。その場の全員に退くように視線で命じると、

「怪我をしないうちに帰ったほうがいい」

自身はビルの外へと足を向ける。最後の一言にしても榊を脅すためではないだろう。単に揉め事を嫌ったにすぎず、たとえ記憶があったとしても同じ対応になったにちがいなかった。

反して、沢木は車のドアを開ける間も怒りがおさまらない様子だ。

後部座席におさまった久遠は、車が発進してから口を開いた。

「俺が知っておくべきことはあるか？」

この件に関してはよほど腹に据えかねているのだろう、沢木は忌々《いまいま》しさを隠そうとしない。

「あいつは――柚木の親父の顧問弁護士です。立場を利用して柚木に近づいて、薬を使って拉致《らち》しました」

あれか、と久遠が呟いた。

「あれ」とはもちろん、柚木さんの行方がわからなくなったとき、と言った上総の言葉のことだ。あの時点で、柚木自らの意思だったのかそうではなかったのか上総はなにも話さなかった。

「事故の前日です。あの事故も、あいつが仕組んだに決まってます！」

沢木の声が、怒りで上擦る。両肩にも力が入り、ハンドルを握る手がぶるりと震えた。

「しかも事務所にまで乗り込んできやがって……なにか企《たくら》んでるんすよ、あいつ。なんとかしないとまた柚木を……っ」

沢木は感情の吐露が極端に下手だ。自制しているというより、どうやって表に出せばいいのかよくわかっていないのだ。それゆえたいがいは怒りとして表れるが、いまの沢木からは親である久遠や組に対する思いとは別の私情が見てとれた。

「おまえ、あの男に惚《ほ》れているのか？」

久遠にしてみれば、木島組の問題と同じく確認しておくべきことだったのかもしれない。が、沢木を愕然《がくぜん》とさせるには十分だった。

「え」

一瞬絶句したあと、寝耳に水だと言いたげに沢木が大きく首を横に振った。

「そんな、俺が、親父を裏切るなんて絶対にあり得ません！」

「ああ、責めているんじゃない。ただ、惚れていてもいいが、あれには指一本触れるなよ」

まさか久遠からこんな言葉を聞かされるなど、想像もしていなかっただろう。声を上擦らせ、沢木はなおも懸命に否定する。

「俺は親父が大事にしている相手だから……それに、柚木には恩があるし……そんなこと、考えたこともないです」

どうやら沢木の本意は伝わったらしい。

「悪かった」

許せ、と久遠が謝罪する。

おそらく普通の状態にあれば久遠は口にしなかったはずだし、疑いもしなかったにちがいない。それだけに、沢木のショックが窺《うかが》える。専用運転手は思っていた以上に生真面目《きまじめ》で義理堅く、信頼できる若者なのだ。

逆に考えれば、「親父が大事にしている相手」と言った言葉は真実だとわかる。

「遊びの相手じゃないってことか」

独り言同様のそれを耳にした沢木が、すぐさま反応する。

「あいつは、そういうのできない奴です」

思いのほか強い口調になってしまったことを悔いたのか、沢木は顔をしかめたが、久遠のほうはむしろ納得がいったようだった。

沢木の言い分の正しさは、合い鍵を渡していたこと以外に、冷蔵庫にあった食材やクローゼットの中にあったサイズちがいの衣服が証明している。自己紹介を拒んだ柚木の態度もそうだ。特定の相手とつき合うという考えがなかった久遠であっても、こうなれば認めざるを得ないだろう。

「俺のメールは傷つけたな」

どんなメールだったのか、沢木は文面を知らないので答えようがなかった。それでも、想像はついたのか、小さく喉《のど》を鳴らした。

だが、もうすんだことだ。すでにメールは送られたあとなので、あとは誘いを受けるも断るも柚木が決めるしかなかった。

まもなく住宅街の一角にある和風の板塀に囲まれた鴇田顧問の自宅へ到着する。車を降りた久遠は、車内での軽口の詫びのつもりか沢木の肩に一度手を置くと、近場のパーキングを目指して移動していく車を背にして、ひとり立派な迎門をくぐった。

組員の出迎えを受け、客間へ向かう。

すぐに姿を見せた顧問は、不機嫌さを隠さなかった。

「茶は出さんぞ。急に来ると言われても、こっちにも予定があるんだ。今回は、大変な目に遭った直後だから折れたが、電話一本で強引に時間を空けろと言ってくるなんぞ、無礼じゃないか」

年寄りの文句は往々にして長くなる。久遠は、すみませんと謝罪でさえぎった。

「どうしても内密の話をしたかったので」

「……内密の？」

顧問の表情が一変する。いったいこの若造はなにを言いだすのかと、目の前の男に対する警戒心があらわになった。

その態度に、久遠の視線が部屋の隅で控えている組員へちらりと流れる。ふたりきりのほうがいいという久遠なりの配慮だろうが、組員は動かずその場に留《とど》まったままだ。結局、顧問が右手を振って出ていくよう指示し、渋々応じる形で出ていった。

襖《ふすま》が閉められると同時に、久遠は口を開いた。

「お孫さんは、お元気ですか？」

唐突な質問だ。顧問が怪訝そうに目を瞬《しばた》かせる。

「孫、か？　ああ、元気にやっているが……急になんだ」

三島に比べればずいぶんわかりやすい性分の顧問に、下手な小細工は不要だった。いまより十歳若い頃の顧問をよく知っている久遠は初めから直球で切り出す。

「それはよかったですね。子どもは元気が一番ですから。今度の事故では、俺も沢木が無事でよかったとつくづく思いました」

「まあ、それについては儂《わし》も気持ちはわかる。おまえも、何事もなくてよかった」

顧問はまだ久遠の真意を測りかねているようだが、言葉に嘘がないということは表情で明らかだ。昔気質《むかしかたぎ》のやくざである顧問は気難しい半面、義理や情に厚いのは誰しもが知るところだった。

「何事もなくて？　そう見えますか」

「……なにかあるのか？」

「ニュースになったので、事故の状況はご存じでしょう？」

顧問の瞼《まぶた》がぴくぴくと痙攣《けいれん》する。瞬きの多くなったその顔を見据えたまま、久遠は口を閉じた。

客間は沈黙に包まれる。おそらく襖の外で待機している組員は、どうしたのかと耳をすましていることだろう。

なおも沈黙は続き、数分後、音を上げたのは顧問だった。

「儂は、斉藤組に加担してはおらん。だが……植草が亡くなったとき、親族でありながら知らん顔を決め込んだと責められ、慰労金と称して大金を要求された。孫になにかあったら悔やんでも悔やみきれんし、金ですむならと……そのときはまさか、こんなことになるとは……」

しどろもどろで言い訳を並べ、がくりと肩を落とす。仁義よりも身内への情を優先し、金を出した時点で加担したも同じだという意識があるのだ。

「いまさら斜陽の斉藤組につく者はおらんよ。ただ儂らは脛《すね》に傷を持つ身だ。家族のために渋々金で解決したにすぎん」

「儂ら」という一言を引き出したことは、久遠にとっては重要だ。親族すべてが消極的ながら斉藤組の後押しをしていたも同然で、資金がどう使われるか知らなかったという言い訳は成り立たない。

「三代目はどうですか？」

久遠がその名を出すと、顧問が皺《しわ》に埋もれた目を見開いた。

「なにを言うか。おまえが三代目を疑うのか」

信じられないと、その双眸には責める色合いも見てとれる。

久遠は訂正も補足もしなかった。

植草の前の組長、斉藤組の先々代と三代目が兄弟盃《さかずき》を交わした仲であるのはまぎれもない事実だ。同時に、記憶があるうちは久遠がけっしてそのことを口に出さなかったというのもまた真実だった。

時間を費やして裏どりをしてきたことでもそれがわかる。

「植草さんの葬儀、法事には香典と称して三代目はかなりの額を要求されたのでしょう」

すでに鬼籍に入っているとはいえ、兄弟の跡目を継いだ男の葬儀だ。三代目が大金を包むのは当然とも言える。

それゆえ久遠が問題視しているのは、顧問や親族のようにそれ以外で金を渡した場合だ。

「久遠、おまえ……」

「俺は慧一《けいいち》くんにずいぶん憎まれているようですから」

「久遠！」

言葉尻《ことばじり》をさえぎる勢いで、顧問はこぶしでテーブルを叩いた。額に青筋を立て、仇であるかのように鋭い眼光で睨《にら》みつける。

「それ以上口にすることは許さん！　思い上がるのもいいかげんにしろ！　三島の後釜《あとがま》を狙《ねら》っているんだろうが、三代目を敵に回せば五代目の座は遠退《とおの》くぞ！」

口角泡を飛ばす勢いの顧問を、久遠は黙って見返す。わざと怒らせたのだろうが、顧問の口から出るのは三代目への気遣いだ。

「四代目候補に、三代目がおまえを推挙したのを忘れたとでも言うのか。儂も、もし入れ札が行われたらおまえに入れるつもりでおったのに」

悔しげな表情で、握りこぶしを震わせる。顧問の中には、長いつき合いなのにと責める気持ちもあるようだ。

「ありがとうございます」

実際、十年前ならば、三代目よりもむしろ顧問のほうが久遠とは近しい関係にあった。十年前の顧問であれば、たとえ脅されようと斉藤組にはけっして屈しなかったはずだが、孫ができたことで優先順位が変わったのだろう。

もちろんそれは正しい。

誰しも我が組、家族が一番大事だ。

「親父」

待機中の組員が襖を開けた。

「怒鳴ると、血圧が上がります」

組員の忠言は逆効果で、顧問は「黙れ」とまたテーブルを叩くことで不快感を示す。

「すみません。けど……」

「邪魔をするな。頭に失礼だろう」

顧問に一蹴《いっしゅう》され、組員は渋々退出する。襖を閉める間際に不穏な目つきで久遠を一瞥《いちべつ》するのを忘れなかったのは、顧問の体調を案じているからにほかならない。

「申し訳ありません」

久遠は居住まいを正し、頭を下げる。腹の中でどう思っていようと、非を認めた形を示せば顧問が今回の件を不問にするしかないと知っての行動だ。もっとも脛に傷を持つ身と自分で言うくらいなので、大事にしたくてもできないだろうが。

「つい焦ってしまい、口が過ぎました。三代目を疑うなど、どうかしていました」

「――久遠」

顧問は大きく息をつくと、険しい顔貌《がんぼう》はもとに戻る。激高したことを恥じたのか、気まずそうに白髪頭を掻《か》く姿はどこにでもいる年寄りだ。

「いや……今度の件は、見て見ぬふりをした儂も悪い。儂を責めるのは構わんが、おまえは努々《ゆめゆめ》三代目を疑ってくれるな。三代目が慧一くんと縁を切ったのは立場上もあるが、おまえのためでもあるんだぞ」

そして、念押しのように付け足した。

「儂もおまえの敵ではない」

顧問には本音でも、

「そうですか」

久遠は軽く流す。

その顔はひどく冷めていたが、目を伏せていた顧問は気づかなかったにちがいない。どちらにしても、すでに久遠にとって信頼に足る相手ではなくなったのだ。

「でしたら、行動で示してもらえませんか?」

それゆえの要求だ。

「……?」

意味がわからないのか、顧問が眉間《みけん》に深い縦皺を刻む。

「示せとは?」

「簡単です。斉藤組の瀬名に、親族から集めた金の使い道を明言させてください。俺の前で、と言いたいところですが、録音で結構です」

「……久遠」

「一週間もあれば十分でしょう」

「……っ」

顧問の顔は見る間に赤黒く変わる。若造に命じられた屈辱からか、先ほどの謝罪が口先だけと気づいたからか、もはやどちらであっても同じだった。

用件を伝えた以上長居は無用だとばかりに、久遠は急な訪問に応じてくれた礼を言うと暇《いとま》を告げ、腰を上げる。

なにか言いたげな組員を無視して玄関へと足を進め、顧問宅をあとにした。

「あ、いま車を」

門の付近で立っていた沢木は急いでパーキングへ走ろうとしたが、

「すぐそこだ。歩こう」

久遠のその言葉に従いふたりで向かうことになった。

思いどおりに運んだはずの久遠の表情は、満足げにはほど遠い。斉藤組に要求されるまま資金を提供した親族が他にいくらいても、顧問がそうだったという事実は少なからず久遠を失望させたらしかった。

幾度となく三代目を持ち出していた顧問だが、以前は三代目よりよほど久遠と近しい関係にあった。木島と顧問がゴルフ仲間だったこともあり、若い久遠と何度も顔を合わせていたのだ。

厳しいなかにも愛情をもって接していた顧問にしてみれば、過去の恩を仇《あだ》で返されたという思いがあるかもしれない。

しかし、久遠にとっては過去ではなく「いま」だ。

老人には酷な仕打ちであっても、そうする必要があったというだけのこと。実際、親族全員となると、ひとりひとり当たるより当の瀬名に吐かせるのがもっとも手っ取り早い。証拠さえ摑《つか》めば、瀬名を失脚させるのは容易《たやす》いばかりか、組ごとの処分も不可能ではなかった。

さらには、親族全員の責任を問うところまで持っていきたいという考えも久遠にはあるようだが、これについては三島が頷くかどうか。

そうなった場合、三島が危惧《きぐ》するのは木島組の影響力が増すことだ。

「連絡をいただいたら、車をつけておいたんですけど」

数歩後ろを歩きながらそう言った沢木に、

「事務所に戻ったら、三代目の息子の慧一の動向を確認しておいてくれ」

後ろを振り向かずに久遠が命じる。

「はい」

どうやら顧問の言った、三代目が息子の慧一と縁を切ったという一言が引っかかっているらしい。

パーキングに到着する。ふたりが車に乗ってすぐ、久遠の携帯が震えだした。

『八重樫《やえがし》さんから会いたいとの連絡がありましたが、どう返事をしましょうか』

どうやらさっそく顧問が近田《こんだ》組に一報を入れたようで、上総からの電話だった。じきに岡部《おかべ》も倣《なら》うだろうことは目に見えている。

「時間が空いたらこちらから連絡すると伝えてくれ」

木島組にとっては、都合のいい展開だ。隠居生活に片足を突っ込んでいる顧問ひとりに重責を担わせるより、不動清和会の若頭補佐で、関東ブロック長という立場の八重樫のほうが保身に走るぶん、確実であるのは間違いない。

『承知しました。それで、顧問はいかがでしたか』

上総が顧問の名前を出す。

経緯を掻《か》い摘《つ》まんで伝えた久遠に、

『よろしいのですか？』

上総がそう聞いたのは、念押しの意味もあったようだ。

ここまできたからには、もう後戻りはできない。一気に事を進めるしかないと。

『もし瀬名の口から三代目の名前が出てきた場合、どうするおつもりですか？』

「出ないことを祈るのみだ」

『またらしくないことを』

実際、久遠にしてもどうするつもりなのか決めているわけではないだろう。いまの久遠には、三代目は遠い存在だ。木島の付き添いで挨拶《あいさつ》をしただけで、いかにして接点を持つか模索している、そのレベルで止まったままなのだ。

だからこそ、現在の良好な関係が重要だとも言える。

「安心しろ。無謀な真似はしない」

現実問題、木島組のトップとして己の肩に組と組員の未来がのしかかっている事実を、わずか数日で理解するのは困難だ。

しかし、すでにそういう問題ではなくなっている。やるべきことをやる、それが組長である久遠に課せられた責務だった。

『心配はしていません』

上総のその一言は久遠の耳にどう響いたのか。仮に目の前にいたとしても、上総が窺い知ることは難しかっただろう。

上着のポケットに携帯を入れようとした久遠が、ふとその手を止める。メールが届いていた。差出人は和孝で、『行かない』と文面はそれだけだった。

これにも特に反応することなく、久遠は無言を貫く。

ただし、内面もそうだとは限らなかった。もしかしたら久遠本人が考えている以上に、十年の記憶が飛んだという事実は不都合なことが多いのかもしれない。

特に他人との関係性、距離感。

そこになんらかの感情があるとなればなおさらだ。好意にしても悪意、敵意にしても強い思いほど難儀だというのは、いつの世も同じだった。


なにが、来るかだ。

帰宅後、シャワーを浴びて濡《ぬ》れた髪をタオルで拭《ふ》きながら、数時間前におこなったメールのやりとりを思い出して、和孝は顔をしかめる。

「俺のこと、これっぽっちも憶えてないくせに」

軽々しいにもほどがある。会うどころか、電話も駄目だと禁じていたくせに、記憶がなくなった途端、簡単に誘ってくるなんて、これ以上不愉快なことがあるだろうか。

いや、記憶がないからか。いまの久遠にとって自分は知らない人間も同然。興味本位で手を出してみた男、その程度の認識にちがいなかった。

「ていうか、よりにもよってなんでそこ？　忘れるにしても、会ったときのことくらいは憶えてろよ」

二十五歳で記憶が止まっているらしいが、自分と会ったのもちょうど二十五歳のときだったというのに、その前で途切れているなんて、なんの厭がらせだと思わずにはいられなかった。

まさか意図的じゃないだろうな。とまで疑ってしまうのは、和孝にしてみれば致し方のないことだった。

実際は、強打した位置等によるものだとわかっている。だが、久遠が少しも慌てていないことが気に入らないのだ。

返事をするまでに時間を要したのは迷ったからではなく、腹立たしかったせいだ。

「こっちはいろいろひどい目に遭ってきて、やっと覚悟も決めたのに、いまさらなにも憶えてませんって？　そんなの、許せるわけないだろ。俺の十年、返せ」

徐々に文句の中身が恨みがましくなっていくのも、語気が沈んでいくのもすべて久遠のせい。苛々《いらいら》が止まらず、和孝は手にしていたタオルを床に放り投げた。

寝室へ移動し、パジャマを脱ぎ捨てるとニットとパンツに着替える。

直接文句を言ってやりたいだけだ、別に久遠の誘いに応じるわけじゃない、と自身のなかで折り合いをつけ、ジャケットを羽織るとスクーターのキーを手にして玄関へ足を向けた。

「………」

が、途中で引き返してドライヤーで髪を乾かす。濡れたままにして久遠によく注意されるのを思い出したから――と、このことにも腹立たしさが増した。

舌打ちをして自宅をあとにした和孝は、真夜中の街をスクーターで走った。数え切れないほど通いつめた道でも、気がはやるのはもはやどうしようもない。

交差点で停《と》まった際に夜空を見上げるのも同じだけくり返してきたけれど、飽きることがないのと同じで。

閑静な住宅街に入ると、目指すマンションが見えてくる。『行かない』と返事をしたので当然アポなしの訪問となるが、久遠はどんな顔をするだろうか。それを考えると、少しばかり不安になった。

普通はなんとも思わなくても、いまは状況がちがう。わずかであろうと迷惑そうな態度を見せられたら、やはり傷つく。

「……ちがうな」

いまの久遠なら、迷惑だと思った時点で平気で帰ってくれと言うだろう。冷めた目つきを向けられたら——和孝は、ぶるりと一度首を横に振った。

そんなことさせない。悪いのは、よりにもよって自分を忘れた久遠のほうなのだから。

地下駐車場へもぐり込むと、いつもの場所にスクーターを駐《と》めてエレベーターに乗る。最上階へ行くには鍵《かぎ》が必要なので合い鍵を使ったが、玄関の前に立つと、それはパンツのポケットに押し込み、チャイムを押した。

まもなく久遠本人がドアを開ける。すでに部屋着姿でリラックスしていたのか、マルボロと、微《かす》かにアルコールの匂《にお》いもした。

「来ないんじゃなかったか？」

少しも驚いていないところが憎らしい。

こっちは、なんのかの言ってものこのこ来てしまった恥ずかしさがあるというのに。

「文句を言ってやりたかったからだよ。入っていい？」

こほんと咳払《せきばら》いをし、顎を上げてそう言う。久遠が視線で促したので、不機嫌な顔はそのままにして中へ入るとスニーカーを脱いだ。

リビングダイニングを覗《のぞ》いてまず確認したのは、他人の姿だ。先日のように上総や沢木がいたのでは、恥ずかしさに拍車がかかる。

幸いにも久遠はひとりで、ソファで飲んでいたのか、ビール瓶とグラスがテーブルに置かれていた。

「それで、なんの用？」

誘ったのはそっちからと、それをはっきりさせたくてまずは問う。

「用か」

久遠は、ひょいと肩をすくめた。

「特にないな」

「は？」

「そっちはあるんじゃないのか？」

「はあ？」

さすがにこれは想定外だった。まるでこちらから来たがったみたいな言い方にむっとし、鼻に皺を寄せる。

「あっそ。用がないなら帰る」

子どもっぽいのは承知で反抗的な態度に出たのは、もちろん久遠が引き止めてくると予想してのことだ。

が、背中を向けても久遠からの言葉はない。まさか止めないつもりかと肩越しに窺うと、額に手を当てた格好で笑うのを我慢しているようだった。

今度こそ、かっと頭に血がのぼる。本当に帰ってやる、と足を大きく踏み出した直後、

「悪かった」

背中にやわらかな声がかけられた。

「機嫌を直してくれ」

「…………」

振り返った和孝は、思わず唇に歯を立てる。その言葉、口調、片頬《かたほお》だけの笑い方。何度も目にしてきた、よく知っている久遠に背筋が震えた。

ぎゅっと胸が締めつけられ、自分のことを思い出したのではないかと期待してしまいそうだった。

「……なんでだよ」

責めてもしようがない。事故の後遺症であって久遠に責任はないし、こういうときは焦らず気遣うべきだというのもわかっていた。

でも、どうしてと問い詰めたくなるのも本当だ。

唇に歯を立てた和孝の耳に、淡々と低い声が届く。

「柚木和孝。二十七歳。会員制クラブBM《ビーエム》の元マネージャーで、現在はレストランPaper《ペーパー》

Moon《ムーン》のオーナーシェフ」

いったいなんだと久遠を見つめる。

久遠はまっすぐこちらを見据えたまま、言葉を重ねていった。

「冷蔵庫に食材が入っていた。野菜に肉。あたためればいいように作り置きの料理も冷凍庫にあった。きみだよな」

「…………」

きみなんて呼び方、されたことがない。返事はせず、気持ち悪いんだよと内心で毒づく。

「確かに、ちょっといないくらいの美人だ。でも、男だよな。教えてくれないか？　俺とはどうやって知り合って、合い鍵を渡すほどの仲になった？」

「…………」

久遠の質問に胸を抉《えぐ》られる。文句を言ってやると意気込んできたのに、それも根こそぎ奪われる。自分の存在を否定されたような気持ちにすらなり、ショックで頬が引《ひ》き攣《つ》った。

悪態をつこうにも、その悪態が浮かばない。ただ、心臓のあたりが痛かった。

「……厭だね」

からからに渇いた喉から、ようやく声を発する。

なんて弱々しい声だ。みっともない。自身が情けなくなる。

「俺からはなにも言うことはないから」

それでも意地を張るのは、そうする以外のやり方を知らないからだ。

ずっと意地を張って生きてきた。あとから思い出すと、なんであそこまでと呆れることも多々あるが、そのときは精一杯、必死で足を踏ん張って乗り越えてきたのだ。

いまさら性分は変えられない。

自分で自分に嫌気が差してこようと、こればかりはどうしようもなかった。

ぎゅっと一度目を閉じた和孝は、両手でぱんと頬を叩く。ぐだぐだするなと自身に言い聞かせると、ドアに向けていた足をキッチンへと変えた。

冷蔵庫を開けたところ、憶えのある食材が入っている。蓮根《れんこん》、長芋、蒟蒻《こんにゃく》。どれも日持ちのするものだ。冷凍庫に牛肉と合挽肉《あいびきにく》も見つけ、これだけあれば酒《さけ》の肴《さかな》には十分だと久遠はそっちのけで調理にとりかかった。

十五分ほどで挽肉を使った蓮根と蒟蒻の煮物と、長芋と牛肉のオイスターソース炒《いた》めを作り、ビールのグラスの横に置く。

調理中から久遠の視線が気になってならなかったが、なんとか我慢していたのに、テーブルの傍に寄るともう限界だった。

「そういう目で、じっと見ないでくれないかな」

衣服の下どころか、内側まで見透かされているようで居心地が悪くてたまらない。その意味が通じなかったはずはないのに、

「どういう目だ？」

久遠は鈍いふりをして逆に問うてくる。

こういう部分はよく知っているだけに始末が悪い。記憶があろうがなかろうが久遠は久遠だと、当たり前のことを実感した。

「だから……」

そこで口ごもった和孝は、返事をしないうちにエプロンを外してジャケットを羽織る。

「作るだけで、一杯つき合ってくれないのか？」

これには、つき合わない、とつっけんどんに即答した。

「明日、定休日だからやらなきゃいけないことが山ほどある。こんなところで油売るほど暇じゃないんだ」

その言葉を最後に久遠宅を辞する。後ろ髪を引かれる思いとはこういうのを言うのだろうと、すぐにでも引き返したい衝動に駆られつつ地下駐車場へ下り、スクーターのエンジンをかけた。

「あれくらいでときめくとか、俺、ばかじゃないか」

帰路、誰も聞いていないのをいいことに感情を吐き出す。ようは、いつもの愚痴だ。

自己嫌悪もあるにはあるが、冷たい夜風に鳥肌を立てつつ愚痴を並べていく。

「どういう目だって？　絶対、自覚があっただろ」

言えるはずがない。欲望に忠実な視線にときめいてしまったなんて。

「ほんと、ムカつく。もしかして、わざと忘れたふりしてないか？」

すでに思い出しているのに、面白がられているのではないか。それならどんなにいいだろう。くだらない期待であっても、そう願ってしまうのは自分にしてみれば仕方のないことだった。

愚痴をこぼして発散してやるつもりだったのに逆効果になり、自宅へ帰りついたときにはなにをやってるんだかと落ち込むはめになった。

ひとつはっきりしているのは、わざわざ酒の肴を用意した理由だ。自分の作った料理を口にしたら、感覚的な刺激になるのではないか、少しでも思い出すきっかけになったらいい、とささやかな期待を込めた。口が裂けても久遠には言わないけれど。

その結果は――なんの連絡もない時点で明白だ。

再度シャワーを浴びたあとベッドに横になった和孝は、宮原から電話があったことに気づく。おそらく事故後の久遠の体調についてや、和孝自身のメンタルを気遣って電話してくれたのだろうが、いまかけ直したところでなにを話せばいいのかわからない。

俺のこと、久遠さん忘れたみたいです。なんて、いくら相手が宮原であっても相談するのは躊躇《ためら》われた。

　こんなこと、誰に話せるというのだ。なんでも話し合える仲間、隠し事なんてしない、そう思っていた津守や村方《むらかた》にも言えずにいる。

　なぜなら自分自身がまだ受け止め切れていないから、うまく話せる自信がないのだ。

　結局、電話に気づかずにすみませんとメールをした。

『気にしないで。久遠さんの怪我、順調に治ってる？　って聞きたかっただけだから』

　思ったとおりだ。

『順調みたいです』『ならよかった。柚木くんも大変だろうけど、あまり無理しないでね』『ありがとうございます。俺は元気です』『ならよかった（≧◇≦）』

　何度かメールを交わして、『おやすみなさい』と最後に送る。携帯をサイドデスクに置いた和孝は、ごろりと横になった。

「……久遠さん自身はどう思ってるんだろ」

　本来なら、記憶がなくなるなんて大変な事態であるにもかかわらず、久遠は冷静に見える。自分が文句を言おうと、感情をぶつけようと落ち着き払っている一方で、じっと見つめてくる双眸は意味深長で、時折、なんらかの熱すら感じさせる。

　昔の久遠のように。

「怖くないのかな」

もし自分だったらと想像しようとしてみたが、途中で断念した。久遠を忘れるなんて、たとえ想像でもできない。

そんなことを考えながら眠りについたせいで、懐かしい夢を見た。

——危なっかしいな。

あの公園で、出会った頃の夢だ。

初めから夢だとわかっていた。雨が降るたび、数え切れないほど見てきた夢だから。

——一緒に来るか？

何度過去に戻っても、きっと自分は久遠についていくだろう。記憶をなくしても、人生が変わると予感していても。

けっしていい夢ではない。ただ大切な夢だ。

浅い眠りをくり返したあと、いつしか寝入ってしまっていたらしい。この数日寝不足だったせいか、うっかり寝坊してしまい、目が覚めたときにはすでに十時を過ぎていた。

「頭、痛い」

隣室へ移動した和孝は、テレビ台の抽斗《ひきだし》から鎮痛剤を取り出し、水で流し込む。今日はたまった家事をする予定だったが、その気力がなかった。

とりあえず洗濯機のスイッチを押し、顔を洗ってから簡単なブランチを作るためにキッチンに立つ。

冷蔵庫をチェックしてみると、しらすの賞味期限が今日だった。

「使うか」

食パンにマヨネーズ醤油《しょうゆ》を塗り、刻み海苔《のり》としらすをのせてトースターに放り込む。コーヒーとバナナヨーグルトを用意する間に焼き上がり、食卓についた。

卵もついでにのせればよかったと思いながら、テレビをつける。情報番組を観《み》たり観なかったりの食事はものの十分もかからずに終わった。

皿洗いのあと、だらだらと洗濯物を干す。鎮痛剤が効いたのか頭痛は治っていたが、なかなか掃除をする気になれずにソファの上で過ごした。

そういえば、あの事故はどう決着がついたのだろうか。やはり事件性があったのか。ワイドショーで大々的に扱っていないところをみると、事故として処理された可能性もある。

携帯でネットニュースを漁《あさ》っていた和孝は、いきなり鳴りだした着信音に驚き、反射的に飛び起きた。

名前を目にしてさらに驚き、緊張して電話に出た。

「……なんの用?」

開口一番、憎まれ口になってしまったのもそのせいだ。まさか電話があると思っていなかったのだから、身構えてしまうのは当然だった。

『定休日だったよな。またなにか作ってくれないか』

「――――」

どうやら昨日の料理は口に合ったらしい。嬉《うれ》しくないはずがないので、堪《こら》えようにも口許が緩む。

「……悪いけど、俺、忙しいって言ったよな」

とはいえ、それとこれは別だ。行くと言いたくなる気持ちをぐっと堪えて突っぱねる。

どうせ久遠はすぐに電話を切るだろうと思ったが、和孝の予想は外れた。

『店は盛況のようだな。定休日なら、俺に店を見せてくれてもいいんじゃないか？』

「…………」

久遠には Paper Moon の開店時に大金を借りた。月々返済しているとはいっても、無利子無期限のローンだ。

その久遠を Paper Moon に招いたのは、たった一度きり。内装工事が終わり、あとはテーブルと椅子を入れるばかりとなったとき、せめてもの礼にと久遠ひとりを招いて、心を込めたフルコースでもてなした。

借金のほうがまだ多い現状、店を見たいと言われると断れない。きっとそれをわかっているから持ち出したのだろう。

「…………」

正直になれば、和孝自身、そうしたい気持ちはある。過去に繋がる状況に身を置けば、少しでも思い出す手助けになるのでは、という淡い期待がどうしてもある。

思い出してほしい。一からやり直すなんて厭だ。自分にとってそれは、十年を無にされたも同然のことなのだ。

久遠が忘れたことで、くり返し見ている十年前の夢までまがいものになってしまう。そのうち曖昧《あいまい》になり、あれは本当に現実だったのか、それとも単なる願望なのか区別がつかなくなりそうな、そんな不安すらあった。

「一時間後、うちに来て」

住所を告げて電話を切る。と同時に勢いよく立ち上がり、手早く部屋を片づけるとさっそく下準備にかかった。

食材に限りがあるのでフルコースにはほど遠いが、家庭料理と思えばなんとか格好はつくだろう。

店ではなく自宅に呼んだのは、久遠の配慮を尊重したからだった。久遠がPaper Moonに近づかないのは、やくざが出入りする店にしないため。一度でも悪い噂《うわさ》が立ってしまえば、払拭《ふっしょく》するのがいかに難しいかを誰より久遠は知っている。

もし記憶があれば、店を見せてくれなんてけっして口にしなかったはずだ。もしかしたら昔の久遠ですら言わなかったような気がしている。

キッチンで料理をしていると、いろいろな思い出が脳裏に浮かんでは消えていく。いいことも悪いことも、腹の立つこともたくさんあったが、ひとつとして忘れたい思い出なんてない。自分にとってはどれも必要な、愛《いと》おしい過去だ。

中華街に監禁されたことさえ――。

禁断症状に苦しむ間ずっと寄り添ってくれたあの数日間の出来事は一生忘れない。思い出すと、いまだ胸が熱くなった。

だが、さっきからずっと集中できずにいるのは、過去に思いを馳《は》せているせいではない。これから来る久遠が、今日、自分を見てどんな顔をするか、気になってたまらないのだ。

最初は、まったく知らない人間を見る目だった。次には、好奇心があった。興味本位で面白がられているのは明白で、たぶん今日も同じだろうと思うと、どうしたって心は乱れる。

早く思い出せなんて自分が無茶な要求をしているのはわかっていても、それが本音だった。

「…………」

やっぱりなんとしても断ればよかった、といまになって悔やむ。会うにしても久遠の家にすべきだった。

ひとりになったあと、狭いこの部屋にいた久遠を思い、自分が悶々《もんもん》とするのは目に見えている。二十五歳の頃、記憶があった数日前まで、いま。無意味と承知で比べて、ひとつも答えの出せない疑問を頭の中でこねくり回すのだ。

ぞっとする。

いまからでも断るか、と床の上で充電中の携帯へ目を向けた。しかし、手遅れだった。一時間にはまだ十分早いにもかかわらず、インターホンの音が室内に鳴り響いた。

まるでこちらの思惑を見透かしているみたいだ。と半ばあきらめの境地で応じ、オートロックを解錠する。一応合い鍵を久遠に渡しているが、それも憶えていないのだろう。

「狭いけど」

玄関でそう断ってから中へ通す。1LDKなのでリビングダイニングまでわずか十歩程度、室内にしてもふたりで過ごすには手狭であるのは間違いなかった。

しかも気まずい。息が詰まる。

この感覚を、和孝はよく憶えていた。

「そこに座って」

手を差し出す傍ら、普段、和孝ひとりが使っているソファへ促す。事務所から直接来たらしい久遠の、上着を受け取ろうと思ったからだが、さっそくその目が愉しげに細められた。

「……んだよ」

なにか言いたいことがあるなら言えばいいと、視線で挑発する。いまさら取り繕おうにも遅い。こうなった以上、開き直りでもしないことにはやっていられなかった。

「いや」

その一言で久遠は脱いだ上着と持参した紙袋を渡してきた。紙袋の中身はなぜか好きな銘柄のシャンパンだった。

「これ――」

「適当に買ったが、飲めるんだろう？」

「………」

ほんのわずかな期待はすぐに掻き消える。自身の甘さを知り、そりゃそうだと自嘲《じちょう》のこもった苦笑いとともに上辺だけの礼を言った。

――どうかしたのか？

期待した言葉は、当然久遠の口から発せられることはない。普段の久遠ならこっちの顔色の変化を敏感に感じ取るはずなのに、などといちいち思う自分が厭になる。それを久遠に悟られるのは、もっと厭だった。

「家にあるもので作ったから、店と同じようにはいかないけど」

最初に断り、食前酒は抜きにしてアンティパストをテーブルに置く。帆立と締め鯖《さば》のタルタル。その後はしめじとコンビーフを使ったブルスケッタ。

赤ワインはメインのときに出すことにして、久遠が持参したシャンパンを開けた。

「一緒に座って食べないのか?」

キッチンで立ったままシャンパンを飲み始めた和孝は、そう問われて「食べない」と返す。

「お腹《なか》いっぱいだし」

なにより小さなテーブルで向かい合うなんて、想像もしたくなかった。一方で気になるのはどうしようもなく、パスタを茹《ゆ》でるための湯を沸かす間、自然に久遠へ視線がいった。

小さな楕円《だえん》のテーブルでも高級レストランでも変わらず、綺麗な食べ方をする。カトラリーを操る大きな手、長い指も綺麗だ。ずっと裏稼業に身を置きながら、泥臭さや俗悪とは無縁なイメージで、なにより色気がある。

こういう些細《ささい》なところに惹かれたんだと、あらためて思い出した。

いまさらながらに和孝は、上総や沢木の心情を察する。その気になればいくらでも姐候《あね》補はいるのにと、本来ならば頭を抱えたとしても不思議ではない。事もあろうに、なぜ男なのか、と。

しかも、内助の功とか縁の下の力持ちとか、そういう資質に欠けている男だ。意地を張ることしか能のない奴なんて、ふたりにとっては悪夢みたいなものだろう。

「適当でいいから、酒につき合ってくれ」

その言葉にはっとし、慌てて目をそらす。知らず識《し》らずじっと見つめてしまっていたせいで、ばつの悪さがあった。

「でも、このあとパスタと、メインが」

「それはいい。酒のあてにはこれで十分だ」

「…………」

拒否する理由が思い浮かばず、火を止めた和孝はグラスを置き、テーブルに歩み寄る。隣に座る気にはなれず、床に腰を下ろすと久遠のグラスにシャンパンを注《つ》ぎ足《た》そうとした。

「飲まないのか？」

「あー……今日は回りそうだから」

適当な言い訳で辞退する。これ以上は悪酔いしそうだった。

いま酔えば、自分がどういう行動に出るか、まったく自信が持てない。酔いに任せて、言ってもせんないことを言って責めてしまいそうだ。

いや、それならまだいい。強硬手段に出るパターンも十分あり得る。最悪の場合、酔いに任せて押し倒すことだってないとは言い切れなかった。

「……なんだよ」

視線を感じて顔を俯《うつむ》ける。気詰まりで、居心地が悪くて、真正面からなかなか目を合わせられなかった昔の自分を思い出した。

一からやり直す気はないなんて言いながら、和孝自身は出会った頃に戻ってしまったような心地だった。

手持《ても》ち無沙汰《ぶさた》になり、手にしたシャンパンのボトルの水滴を指で拭《ぬぐ》う。

すると、そのボトルを奪い取った久遠は、そのまま口をつけた。ラッパ飲みをする姿を唖然《あぜん》として見つめていた和孝は、次の瞬間、腕を引き寄せられるままに身体を傾《かし》がせていた。

「え……」

戸惑う間にも久遠の顔が近づいてきて、口を塞《ふさ》がれた。

後頭部を手で押さえられ、抵抗する隙《すき》もなく口中に入ってきたシャンパンを半ば無理やり嚥下《えんか》させられる。こくりと、喉を滑っていった冷たい液体は、胃に入った途端に熱を発した。

口移しでシャンパンを強引に飲ませたあとも、久遠の唇は離れない。口中に残ったシャンパンの味を確かめるかのように舌で舐《な》められ、吸われて、身体じゅうが震えた。

こうなると抗《あらが》うほうが難しい。確実に性感を煽《あお》られる。

記憶がないくせに、やり方は同じなのだから質《たち》が悪い。口中を舌で辿《たど》りながら少しずつ深くしていく久遠の口づけに応《こた》える頃には、いつも夢中になるのだ。

微かにマルボロの味のするキス。シャンパンの味と混じって新たな熱になり、脳天で溶ける。

「悪くない味だろう?」

水を差したのは、久遠だった。久遠のおかげというべきか。

唇の上で問われて、わずかに残っていた理性が働く。和孝は久遠を押し返すと、理性を欠片《かけら》まで掻き集めてやっと身を退き、睨みつけた。

「シャンパンの、味なら知ってる」

忘れているようだが、好きな銘柄だ。そういう意味で返した一言に、

「そっちじゃない」

久遠は自身の唇を意味ありげに舌で舐めてみせた。

「物欲しげに見つめてくるから、味見したいのかと思ったが」

「……っ」

なんて言い草だ。あまりのことに頭に血がのぼる。

悪趣味なうえに恥知らずだ。しかも、少しも意外ではなかった。

——口許にほくろがある奴は、下にもあるっていうのは本当か?

「あんたは、そういう奴だった」

適当な愛の言葉どころか、言い訳すら一言もせずに布団に入ってきた男だ。それなのに自分は少しも厭だと思わなかったし、予感すらしていて、自然な流れとして受け入れた。

「……なんだよ」

どうしようもない。あの頃から久遠の手のひらの上だ。

顔をしかめて立ち上がった和孝はキスの感触を忘れるために手の甲で乱暴に口を拭うと、自らまた距離を縮める。久遠の座るソファの前に跪《ひざまず》くが早いか、あれこれ考えることを放棄し、無言のままスラックスに手を伸ばした。

「高くつきそうなオプションだ」

当然だと、ベルトを外しながら心中で吐き捨てる。自分がここまでやってやるんだから、思い出さないなんて有り得ない。

ぐずぐず躊躇っていると羞恥心《しゅうちしん》が増すため、すぐにそこへ顔を埋《うず》める。頭をもたげつつあった久遠のものは舌を這《は》わせた途端に質量を増し、そのことに後押しされて続けていった。

「ふ……んっ」

硬い砲身を口中に迎え入れ、さらに育て上げる。馴染《なじ》んだ熱であっても、毎回心臓が痛くなるほど鼓動は高鳴り、昂奮《こうふん》する。

喉まで開いて締めつけると、久遠の息が上がったのがわかった。

「うまいな」

声も掠《かす》れている。久遠が昂揚《こうよう》した証拠だ。

「ん……う、んっ」

さらに頭を上下させると、大きな手が髪に触れてきた。

「で？　俺は触ってもいいのか？」

問うてくると同時に、頭に置かれた手がうなじへと滑っていった。

和孝は上目遣いで久遠を見て咎《とが》めると同時に、うなじの手を振り払う。触るなという意思表示だったが、無理強いするつもりはないとでも言いたげにあっさり手は離れていった。

「このままじゃ口に出るぞ」

「……いい」

「大サービスだな」

よく言う。本来なら文句のひとつもぶつけてやりたかったが、そうする代わりに口淫《こういん》に熱を込める。思い出してほしいという気持ちはあるが、それ以上に和孝自身がそうしたかった。

含み切れない根本を手で擦り立てながら終わりを促す。

ふたたび手を頭にのせてきた久遠は、強く押し入ろうとしてくることなく、最後まで和孝に任せてくれた。

「うう、ふ……んっ」

喉に叩きつけられた熱い飛沫《ひまつ》を嚥下する。口からあふれ出ても気にする余裕もなく、脈動する久遠を舌を使って宥《なだ》めた。

「いつもこうか？」

だが、直後の一言にはっとし、身を起こす。手近にあったティッシュで口を拭ってから、

「こうってなんだよ」

膝《ひざ》を床から上げてその場を離れた。

「すごくよかったってことだ」

そりゃそうだ、と心中で返す。

久遠のいいところなら全部わかっているし、それこそ数え切れないほど抱き合ったのだからいいのは当然だ。

「続きはなしか？」

ティッシュをゴミ箱に放り込み、洗面所で口を漱《すす》いでから和孝はあえてそっけなく答えた。

「なし。オプションはここまで」

「きみもその気があるように見えるが？」

これには、思わず顔をしかめる。パンツの前が窮屈になっていたことに久遠は気づいていたらしい。キッチンに逃げたものの、この部屋は狭すぎる。久遠のもとへ戻ろうと思えば、ほんの数歩で事足りるのだ。

「少なくとも、俺のことを『きみ』なんて呼ぶ男とは寝ない」

和孝にしてみれば、精一杯のやせ我慢だ。なんのためのやせ我慢なのか、もし聞かれても答えられないが。

「もういいだろ。帰ってほしいんだけど」

ひとつだけはっきりしている。これ以上居座られたら、そのやせ我慢が無駄になりかねない。

「そうだな。今日はおとなしく帰ったほうがよさそうだ」

いつの間に直したのか、スラックスの前は元どおり、久遠はすでに衣服を整えていた。

結局、口先だけか。などと残念に思う自分には呆れるしかない。さらには、

「うまかった。次も期待してる」

帰り際に含みのある台詞《せりふ》を残されてしまっては——落ち込むには十分だった。なにしろ、十年、一気に戻ってしまったのだ。

否応《いやおう》なく当時と同じ気持ちにさせられる。もやもやとして、気持ち悪くて、でも吐き出す術《すべ》がなくて、苛立《いらだ》ちばかりを溜《た》め込んでいった頃に。

あの頃よりもなお悪い。心情的に変化があるぶん、当時よりも重症だ。十年前はなんとか見ないふり気づかないふりができたことも、いまそうできるかどうか。

もしこのまま久遠が思い出さずに、他の人生を選んだら。

図らずも和孝は、自身の立場の不安定さを思い知らされる。目に見えないもので繋がっている関係は、一方にその気持ちがなくなった時点で終わるというのはわかりきっていた。例外なく、誰の身にも起こり得るのだ。

自分に降りかかってくるなんて想像もしていなかったというだけで。

「……なんで、少しも疑わずにすんだんだろ」

一からやり直すのなんてごめんだと思っていた。でも、それ以上に厭なのは、変わってしまうことのほうだ。

組に姐が必要なら誰かと結婚すればいい？

そんなの嘘っぱちだ。他の誰にも渡したくない。

あれは俺の男だから——理由ならそれで十分だろう。

和孝は唇を固く引き結び、ついさっきまで久遠が座っていたソファを見つめた。

目の前にいたし、予定外のオプションまでつけたというのにもう実感が湧《わ》かない。夢の続きでも見せられているようなあやふやな心地にさせられる。

なにかが詰まっているような苦しさを覚えて、胸に手をやった。この苦しさを早く取り除きたいのに、それができるひとがここにはいない。

どこにもいない。

できるのは、自分のことを「和孝」と呼んでくる男だけだ。

4

マンションの地下駐車場へ一台の車が入っていく。ハンドルを握っているのは沢木《さわき》だ。停車するかしないかのタイミングで、車中に着信音が響き渡った。

後部座席に座っていた久遠《くどう》は、電話をかけてきた相手を確認して、一瞬、眉根《まゆね》を寄せる。条件反射で久遠がこういう表情をする相手はたったひとり、四代目、三島《みしま》だ。

三島からの電話にはろくな話がない。それは概《おおむ》ね正しいが、どうやら今回ばかりは例外のようだ。

『会計士から報告が来た。おまえの言ったとおり、植草《うえくさ》と親族関係にあって、先月と今月、カスリが減っている組がわかった』

昨日、三島に呼び出されるまま会いに行った際、会の財務をチェックするよう久遠は頼んだ。わかったと答えた三島が実行するかどうかは半々だったが、顧問が減額を求めてきたこともあったので、会長の立場として気になったのだろう。

斉藤《さいとう》組が上がりを掠《かす》めていると聞けば、当然かもしれない。

『ったく。俺も舐《な》められたもんだ』

はっと三島が鼻を鳴らす。久遠に三島の表情までは見えないが、声音である程度想像できたにちがいない。若い頃には『ハマの龍《りゅう》』と呼ばれた二つ名は伊達《だて》ではないとばかりに怒りのために三島の双眸《そうぼう》はぎらつき、血走っていた。

『執行部の中じゃ、八重樫《やえがし》、岡部《おかべ》。残念ながら顧問もそうだ。いっぺんに降格ってわけにもいかねえから、斉藤組を含めて金で手打ちにするしかないな』

金はわかりやすく組の力を削《そ》ぐ。三島の言うとおり妥当な処分だ。

『あと、稲田《いなだ》組はいつもどおり納めてきた。瀬名《せな》に金を回していないって証拠にはならねえが』

「そうですか」

『なんだ。内心ほっとしてるんじゃないのか？　おまえ、顧問とも三代目とも近しいよな。顧問には裏切られて、そのうえ三代目もとあっちゃ、さすがにショックだろう？　おまえのことだから、もし三代目が関《かか》わっていたら別のやり方をしたんじゃないのか？』

半笑いの問いかけに、久遠は黙したままだ。

もともと経済的に余裕のある稲田組がいつもどおりの上納金を納めていたからといって無関係とは限らない。と返せば、三島に下手に疑念を抱かせるはめになるからだろう。

情が絡《から》むとたいがい話はややこしくなる。それを久遠は理解していた。

『おまえが回りくどいやり方をしていたのは、内部抗争を避けるっていうのもあったろうが、三代目の名前が出るのを恐れてたんだろ？』

こちらについても同じだ。仮にそうだとしても、忘れている人間には答えようのない質問だった。

「砂川《すなかわ》組の残党と手を組んだ時点で俺を標的にしたんでしょうが、本来斉藤組が遺恨を残しているのは、三島さんでしょう」

意図的だろう、話題がそれる。

気づいているのかいないのか、三島は驚いたと言わんばかりだ。

『資金集め以外に、上納金をちょろまかすのが目的で悦に入ってたって？　ずいぶんささやかな報復だな』

「そうですか？　俺が追いつめられる様を愉《たの》しんだあと、事故で一気に片をつけるつもりだったとして、仮にうまくいっていたらその後はどうするつもりだったと思います？」

斉藤組が息を吹き返す可能性は十分あった。なにしろ資金提供をネタに脅せる親族がいくらもいるのだから、一度でも金を出した以上、泥沼になるのは目に見えている。久遠の言葉はそういう意味だ。

やくざの常とう手段だというのに、そのやくざが嵌《は》まっていては笑い話にもならない。

『なるほどな。俺は、いつ寝首を掻《か》いてくるかわからん奴《やつ》を近くに置かなきゃならなかったってことか』

三島がしばし黙り込む。三十秒も要したか、次には笑い混じりの声を発した。

『潰《つぶ》すか。どのみち俺の許可なく会の規律を破ったことは許せねえしな。会内で勝手に戦争をしかけるのはご法度《はっと》だ。斉藤組を潰せるだけの証拠はあるんだろう？　もしないなら、ぐうの音も出ない証拠を来週までに用意しておけよ』

斉藤組に関しては、考えをひるがえしたようだ。金で片をつけるより潰したほうが、他の者への見せしめにもなる。

『今度の件ではおまえもずいぶん面倒に巻き込まれたが、やっと終わりそうだな。俺も安心したよ。これで枕《まくら》を高くして眠れそうじゃねえか』

「そうですね」

『で？　結局のところあの記者――西川《にしかわ》だか南川《みなみかわ》だとかいう男をバラしたのはどっちなんだ？　瀬名か？　おまえか？』

「俺じゃないのは確かです」

三島は面白がっているとしても、久遠にしてみれば茶番以外のなにものでもない。

三島にその気があれば上納金が減っていた事実を知るのは容易《たやす》かったし、早々になんらかの形で手打ちにすることも可能だったはずだ。

そうしなかったのは、あわよくば木島《きじま》組を弱体化させるチャンスと目論《もくろ》んだからで、自分は安全圏から傍観者を貫くつもりでいたのだとしても少しも意外ではなかった。

三島はそういう男だ。

四代目争いのさなか久遠に両親の死に関する話を持ち出したのも、タイミングがあまりによすぎた。植草が糸を引いていた事実をとうに摑《つか》んでいながら、入れ札の直前にここぞとカードを切ったにちがいない。

『まあ、そういうことにしておいてやるよ。とりあえず一件落着ってか』

気が早い三島の言葉に、ええ、と久遠は同意する。

『近々一席設けるから、身体《からだ》あけろよ』

面倒な誘いにも抗《あらが》わず、電話を終えると疲労のこもった指でこめかみを押さえた。

一連の件について回りくどいやり方をしていたのは、木島組の組長としてそれが最善だと判断したからだろう。しかし、顧問の関与が明らかになったいま、躊躇《ためら》っていては会が割れる。あとは一気に終わらせるだけ、それは事実だ。

ただし、三島の言うように一件落着と喜ぶには早い。

久遠は、最初に砂川組の残党を利用した人間を知っている。

「親父《おやじ》」

運転席から沢木が口を開く。緊張感のこもった声音は憂慮のせいか、それともなにかを感じ取っているためなのか。

「心配しなくていい」

おまえはなにもするなというニュアンスの含まれた返答を、沢木は正しく受け取った。

「はい」

運転手を任されていることでも明白だが、沢木は基本的に素直で実直、一本気な性分だ。親である久遠が記憶を失ったと知ったときにはあからさまにショックを受けていたにもかかわらず、以降は一切それには触れず、通常どおりの働きをこなしている。そのおかげもあって他の組員が異変に気づくこともなく、彼らの頭にあるのは事故を引き起こした岩崎《いわさき》が退院した際の報復だった。

「これで終わりですか」

不服そうに沢木が唸《うな》る。このままでは腹の虫がおさまらないという沢木の心情は、木島組みなの総意と言ってもよかった。

だからといって暴走すれば、今度は木島組が処分の対象になる。

「なに、悪いことばかりじゃない」

実際、こうなると木島組のメリットは大きい。

瀬名に資金を提供した者らは、いま頃恐々としているはずだ。今回は金ですんでも、次に少しでもなにかあれば自分たちも無事ではすまないと焦っているだろう。元凶の斉藤組をどうにかしなければと保身に走り、木島組の敵ではないとアピールする者がわらわらと出てきたとしてもなんら不思議ではなかった。

「大沢《おおさわ》と……他の砂川組の奴らは」

「そっちはもういい。好きにしろ」

残党には端《はな》から興味もない、という意味の言葉だ。おそらく久遠のみならず世間も同様で、はぐれ者が何人姿を消したところで人々は無関心。大衆とはそういうものだ。

それよりも木島組として重要なのは——。

四代目の座に三島がついた経緯について、久遠は上総《かずさ》から聞かされて把握している。四代目候補として早くから名前が挙がっていたのが三島と植草だったので、順当だと言える。

そこに久遠が三代目の推挙により割り込んだ形になったが——おそらく入れ札が行われていた場合、やはり四代目の座についたのは三島だっただろう。

久遠の唇の端が、ほんのわずか吊《つ》り上がった。

つまり、三島にとって代わる意思が残っているということだ。

そのために必要なのは、三島を引《ひ》き摺《ず》り下ろす大義名分だった。

一連の騒動に対して久遠が時間をかけていたのは、斉藤組に手を貸した親族を慎重に見極めるためだったが、もうひとつ。三島の出方を窺《うかが》うという目的もあったにちがいない。

自滅でもしてくれれば話は早いが、豪胆を装いながら誰より慎重な三島にそれを望むのは難しい。となると、木島組は自力で五代目の座を勝ち取る必要がある。

今回の一件は、そのための第一歩とも言えた。

同じ頃。

「オーナー……オーナー」

視界に入ってきた手に、和孝《かずたか》は目を瞬《しばた》かせる。手を左右に振っているのは、村方《むらかた》だ。

「考え事ですか？　箸《はし》が進んでませんけど」

「え、あ……クリスマスのことを考えてて」

慌てて ごまかしたものの、気を取られていたのはもちろんクリスマスのことではない。

昨日、あんな真似《まね》をしたせいで、ちょっと気を抜くと頭の中は久遠のことでいっぱいになる。

いまはまだ仕事に影響は出ていないものの、このぶんだとどうなるか。ミスをする前に一刻も早く自分の中でちゃんとケリをつけたい、つけなければと焦りもこみ上げてきた。

「オーナー、なにかあると根をつめる性格だから、適当に気をまぎらわせてくださいね」

村方の言うとおりだ。つき合いが長いだけあって、自分の性格を熟知している。

「前も話したけど、やっぱり、仕事以外に趣味を作ったほうがいいんじゃないか」

と、これは津守《つもり》だ。気晴らしが下手な自分を知っている津守と村方は最近、趣味を持つよう、事あるごとに勧めてくる。

和孝は、難題を突きつけられた心地で腕組みをした。

「自分でもいろいろ見繕おうとしてみたんだけど、これがなかなか難しいんだよな。というか、趣味って作ろうと思って作れるもの？」

前提として好きななにかがあって、自然に趣味と呼べるものになっていくのでは、とふたりに問う。

村方は映画、津守は実益を兼ねたトレーニングとそれぞれふたりには趣味があるが、きっかけはあったはずだ。

ふっ、と村方が笑った。

「それ、恋と一緒ですね。好意を持って、いろいろな過程をへて自然に恋愛になる流れ。確かに素敵ですけど、オーナー、世の中には身体から始まる恋だってありますから！　どんな始まりだろうと恋は恋、本人にとっては真剣な恋ですよ」

「…………」

これも、そのとおりだ。自分こそ、始まりは他人からすれば眉《まゆ》をひそめるにちがいないほど軽率なものだった。どこでどう間違ったか、いまや真剣そのものだ。

「恋って、趣味の話だろう？」

津守が苦笑いする。

「でも、結構いい喩《たと》えじゃないですか？」

村方は、同意を求めてこちらを見てきた。

「あれ？　なんだか、オーナー、顔が赤くありません？」

「え……？　そんなことないだろ」

村方の指摘に手を頬《ほお》にやる。言われてみれば、熱いような気がしてくる。

「あ……なんか、恥ずかしい過去を思い出して」

「それ、もしかして恋の話ですね！」

きらきらした目をして身を乗り出してくる村方を制したのは、今度も津守だった。

「ほら、片づけをして帰るぞ」

「えー、聞きたくないですか？　オーナーの恥ずかしい恋の話。もう終わったことならちょっとくらい、いいじゃないですか。始まりだけでも！」

始まりこそ話せない。

頬から手を離した和孝は、

「まだ恥ずかしいから駄目」

村方にそう答えると、吹き出した。本当に恥ずかしいなと思いながら。

なにしろ、自分が知っているのはその軽率に始まった恋だけなのだ。たったひとつ、おそらくこの先も他の恋を知る日は来ないだろうと思うと、笑えてくる。

「残念～」

村方のその言葉を耳にしつつスツールから腰を上げ、後片づけにとりかかる。その間のみならず自宅へ帰ってからも久遠のことを考えていた。

「無になるわけじゃないか」

振り出しに戻ったところで恋が完全に消えてなくなるわけじゃない。大事なのは久遠が思い出すのを待つことではなく、和孝自身がどう思っているかを伝えることのほうだ。

「……って」

はたと我に返ると、居ても立ってもいられない心地になった。大の男が恋、恋って、恥ずかしいにもほどがある。

かぶりを振って寝室に入った、直後、訪問者を知らせるインターホンが鳴る。あと十分足らずで日付が変わろうかという時刻に訪ねてくるなど、いったい誰だろうか。

「まさか……ないよな」

真っ先に頭に浮かんだ顔に、半信半疑でインターホンに歩み寄る。そこに映った姿に和孝は息を呑《の》んだ。

「……マジか」

昨日の今日だ。そもそも久遠がこの部屋を訪ねてくるのはめずらしい。

しかも考えていたことがことだったので、一度咳払《せきばら》いをして、できる限りそっけない口調で応じる。

「もう寝ようと思ってたんだけど」

とはいえ、声をかけるより先にオートロックを解錠してはなんの意味もない。久遠もそれに気づいているのだろう。

玄関で顔を合わせると、

「寝酒にはちょうどいいんじゃないか？」

持参したワインを掲げてみせた。

「俺、飲酒の日課はないから」

「だろうな」

「だろうなって……」

「部屋にアルコール類がほとんどない」

変な会話だと思いつつ、結局部屋に通す。本当は追い返してやりたいが、自分がそうしないことはわかっていた。

「久遠さんが飲みたいだけだろ。ていうか、他につき合ってくれる相手がいないのかよ」

「どうせなら好みの顔を見て飲みたい」

「…………」

こんな台詞《せりふ》ひとつで機嫌をとれると高をくっているとしたら大間違いだ。

「なんだよ、それ」

　と思うのに、先刻の恥ずかしさが尾を引いているせいで反応に困り、ふいと顔を背けて無言で先に部屋へ戻る。あとから入ってきた久遠は、キッチンに足を向けた和孝の隣に立った。

「……なに」

「グラスは？」

「……俺が用意するから、ソファに座ってて」

　あえて邪魔だからと含む。実際のところ久遠に隣に立たれると、そう広くないキッチンがよけいに狭く感じられた。

「とって食うつもりはないから、そうびくつかなくてもいい」

　久遠の口角が上がった。面白がっているのだと気づき、和孝は唇を歪《ゆが》めた。

「食われてたまるか。びくついてもないし、叩《たた》き出されたくなかったらおとなしく座ってろって意味だから」

　降参とばかりに両手を上げる様を前にほっとしたのは一瞬で、久遠はなおもその場を離れようとしない。簡単なつまみでもとスキレットを手にした和孝だが、非難を込めた視線を隣へ流した。

　それがまずかった。

至近距離で目が合い、あからさまに動揺する。反射的に後退《あとずさ》りしたが、それより早く久遠の手が口許《くちもと》に触れてきた。

「……にするんだよ」

指で拭《ぬぐ》うように擦られ、顔を背けて避ける。文句を言いつつも、肌に残った指の感触に冷静ではいられなくなった。

「この前も言っただろ。それ、ほくろだから」

「ああ、そうだな」

同意した久遠が、意味ありげな笑みを浮かべる。

「なら、これは言ったか？　色っぽいほくろだって」

なんて台詞だ。不快感を隠さず、上目で睨《にら》みつける。

「言ってないし」

しかもこれでは終わらなかった。

「今日はサービスしてくれないのか？」

「……っ」

もはや怒鳴る気にもなれない。恥知らずな久遠を、和孝は怒りを込めて一蹴《いっしゅう》する。

「なんで俺が。酒のオプションだとでも思ってるのかよ。ほくろフェチって？　それとも

——」

過去の相手にもほくろがあったのか。自虐ネタにしても趣味が悪い一言を口走りそうになり、唇を引き結ぶ。

絶対に問わないと決めていたのに、うっかり感情に流されるところだった。

「機嫌を損ねたのなら謝る。昨日、あまりによかったから図に乗った」

ムカついているのは事実でも、これには悪い気がせず、仏頂面を保つのに苦労する。久遠好みのやり方を教えられ、体現しているのだからいいのは当然だ。

単純にもほどがある。

「好みの顔」「よかった」たったそれだけで、不満や苛立《いらだ》ちが薄れていく程度の自分がうまく対処できると思うほうが間違いだ。しかもいまは圧倒的に不利な状況のため、なおさら分が悪い。

惚《ほ》れた弱みだと、そんな言葉も頭を掠める。

「……別に不機嫌なわけじゃない。俺の問題だし」

毅然《きぜん》とした対応ができないのは、自身の感情のせいであって久遠とは無関係だ。いや、関係はあるが、なにがあっても悠然と構えていられる人間だったなら、同じ状況であってもちがったやりとりになったはずだ。

「オプションはなし。あと、明日は仕事だから三十分たったら帰って」

久遠への言葉は、自分への戒めでもあった。記憶を失っている久遠となし崩しに関係を持つつもりはない。身体から始まる恋もあるだろうが、もう若気の至りですむ歳《とし》ではないし、同じ相手と同じ経緯をなぞるなんて想像しただけで厭になる。

帆立の缶詰と大根のサラダ、葱《ねぎ》とマヨネーズを和《あ》えたものをのせて焼いた椎茸《しいたけ》を手早く用意し、グラスと一緒にテーブルの上に並べる。もちろん今日も、和孝は距離をとって座った。

乾杯なんてする気分ではないので、注がれてすぐに口をつける。

「こんなところで油を売っててていいのかよ」

週刊誌の記事に端を発した揉《も》め事《ごと》は、死人が出たことで木島組は窮地に陥っていた。木島組を陥れようとしている者、あるいは者たちは確実にいて、先日の事故は事故ではなかったという線が大いにあると聞く。

「怪我《けが》をしたばかりなのに」

そう付け加えると、久遠がふっと目を細めた。

「そうだな。そのせいで俺も酒を控えている」

「だったら、なおさらここで飲んでる場合じゃないだろ」

一瞬見せるやわらかな表情にどきりとする。昔の久遠といまの久遠が自分の中で混じり合って、混乱してしまう。

「——なんだよ」

笑みを深くする久遠に戸惑い、つっけんどんに問う。昨日よりも今日のほうがより居心地の悪さを感じて、床の上で座り直した。

「自分より俺の心配をするんだな、と思っただけだ」

「べつに……」

これだから混乱するのだ。外見は三十五歳の久遠なのに、口調は昔を思い出させる。しようがない。いま目の前にいる久遠は、自分のことなんてこれっぽっちも好きではないのだから。

昨日の今日でうちに来ようと、外見が好みだと言おうと、それは単なる興味だ。合い鍵《かぎ》を渡すほどの仲になっている男がどういう奴なのか、知りたいだけにすぎない。

「もう三十分たった。これ以上いても、なんのサービスもしないから」

タイムリミットだと告げる。

あっさり帰っていくところは、昔もいまも同じ。半ば無意識のうちに「明日も来る？」と、玄関で靴を履く背中に投げかけそうになり、慌てて唇を引き結ぶ。そんな台詞を口にすれば、まるで明日はオプションつきだと誘っているようではないか。

「じゃあ」も「おやすみ」もぐっと堪《こら》え、帰っていく久遠を無言で見送る。そのため、久遠のほうから声をかけてくるとは思っていなかった。

「また連絡する」

玄関のドアが閉まり、ひとりになった和孝はがちがちに固まっていた四肢から力を抜く。自分がいかに緊張していたか、これだけでも十分わかった。

それでも、素直になれば、またという一言には心が震える。

確かに、久遠は自分を忘れてしまった。その事実は腹立たしいし、ショックでもあるが、通ってくる久遠に気持ちが動かないと言えば嘘《うそ》になる。

きっと、誰より久遠本人が思い出したいのだと、そう信じられた。

「どんな始まりでも恋は恋、か」

皿洗いをしようとしたとき、津守からの留守電に気づく。再生してみると、予想だにしなかった言葉が残っていた。入院中だった事故の相手が突然亡くなったというのだ。

『不審な点が多いらしい。柚木《ゆぎ》さんも、くれぐれも気をつけて』

その留守電に、和孝の頭に真っ先に浮かんだのは久遠の顔だった。もし本当に事故が仕組まれたものだとしたら——いや、きっとそうに決まっている。相手が不審死をしたことがその証拠だ。

そう思った瞬間、背筋が冷たくなり、和孝は部屋を飛び出していた。

幸いにもエレベーターの扉はすぐに開き、飛び乗る。ほんの数十秒が待ちきれず、階数表示の1が点滅して扉が開くが早いかすぐさまマンションの外へ走ったが、すでにそこに車はない。当然だ。「また来る」と言って去っていったのは、五分も前だった。

だいいち、外へ出てなにをするつもりだったのだろう。

自分にできることなんてなにもないのに。

「………………」

部屋へ戻ろうとしたときだ。前方から一台の車がやってくる。マンションの前で徐行したかと思うと、少し離れた路肩で停《と》まった。

木島組の警護か。記憶をなくしたあとも警護を継続しているとなると、命じたのは上総だろうか。ため息を押し殺しつつマンションへ戻ろうとした、直後だ。

駐車スペースに別の車が滑り込んだ。

「え、なんで？」

降りてきたのは沢木と久遠で、なぜ戻ってきたのかと驚くと同時に怪訝《けげん》に思う。

「ふらふらしてんな。すぐに部屋に戻れ」

噛《か》みつく勢いの沢木に困惑し、立ち尽くしたままの和孝の腕を久遠が摑んだ。ふたりの様子から、ようやく尋常ではないと悟る。

いったいなにが起こったのかはわからない。だが、なにかがあるからふたりは戻ってきたのだ。

「……あ」

はっとし、路肩へ停まっている車へ視線を投げかける。だが、一歩遅かった。こちらへ近づいてくるふたりの男。一方の手には銃があった。

反射的に足を踏み出そうとすると、ぐいと腕を引かれて久遠の背後に押しやられる。最前で盾になっている沢木と、すぐ目の前の背中にどっと汗が噴き出し、身体じゅうががたがたと震えた。

一瞬のうちに過去の恐怖が脳内を駆け巡る。

自分の前で刺されたとき、組への銃撃で被弾したとき、今回の事故を知ったとき。怖くて、不安で、気がおかしくなりそうだった。こんな思いは二度としたくないと、毎回祈るような気持ちになった。

またあれを味わうのか。

「……駄目、だ」

恐怖でいっぱいになった和孝は、ほとんど無意識のうちに久遠の手を振り払う。と同時に身体が勝手に動き、前に飛び出していた。

「な……にやってんだっ」

両手を広げた和孝に、沢木ががなり立てる。背後から強い力で引き戻されたかと思うと、勢いで地面に倒れ込んだ。

その間二、三秒だったかもしれないが、まるでコマ送りみたいに時間が遅く感じられた。

目の前で起こっている出来事も。

男ふたりが、どこからともなく現れた別の男たちにあっという間に捕らえられ、車に押し込まれて連れ去られる様を和孝は地面に座った姿勢で見ることになった。

あとはもとの静かな住宅街だ。

「てめえ……っ、いいかげんにしろよ！」

振り向きざまに怒声を響かせたのは、沢木だった。激怒する沢木は、いまにも殴りかかってきそうな剣幕でこぶしを固く握り締めている。久遠がこの場にいなかったなら、間違いなくこぶしを振るわれていたはずだ。

「……ごめん」

和孝にできるのは、謝ることだけだった。

沢木が怒るのは無理もない。衝動的だったとはいえ、自分でも無茶をしたという自覚はある。

「話には聞いていたが、ここまでとは」

すぐ傍《そば》で呆《あき》れた声を聞かされては、いっそう申し訳なくて身を縮めるしかなかった。しかも、久遠の腕はいまだ腰に回ったままだ。怪我人《けがにん》である久遠の上に倒れ込んでしまったと気づき、すぐに起き上がろうにも、情けないことに腰が抜けたらしい。

這《は》う格好になり、醜態をさらすはめになった。

これにも、ごめんと謝罪する。きっと厳しい叱責《しっせき》が飛んでくるだろう。覚悟していた和孝だったが、その必要はなかった。

「沢木が手を焼くはずだ」

それだけで、叱責もなければ、忠告すらない。だからなのか、記憶があるときの久遠ならどうしていたかと考えずにはいられなかった。

でも、わからない。なにもわかっていなかったような気さえしてくる。

「怪我はないか？」

「俺は、平気。久遠さんは？」

肋骨《ろっこつ》の怪我が悪化したのではないかと心配になり、やっと立ち上がると久遠に詰め寄る。大丈夫だという返答に胸を撫《な》で下《お》ろしたのもつかの間、今度は別の問題を突きつけられた。

「騒がせたな」

久遠のその一言に上へ顔を向けると、マンションの住人がベランダから顔を覗《のぞ》かせているのが見えた。夜中に揉め事を起こしたのだから当然だ。

チカチカといくつか光った。写真、もしくは動画を撮られているのかもしれない。

「早く行って。通報されたかもしれないし」

真っ先にそれが気になり、久遠と沢木を促す。

ふたりが去っていくと、ベランダにいた住人たちも各々室内へ入っていった。幸いにも通報されていなかったらしいと安心したものの、管理会社には謝罪すべきだろう。本来なら一戸一戸菓子折りを持って回りたいくらいだが、いっそうの不信感を与えるのは本意ではない。

店から近いし、部屋も気に入っているのでできれば長く住みたかった。しかし、こうなったからには、明日からでも物件探しをしたほうがよさそうだ。

重い足取りで自宅へ戻る。部屋に着いてひとりになると、頭が冷えたおかげで少しずつ状況を理解した。

おそらく男たちは斉藤組関係で、狙いは自分だったのだろう。銃まで持っていたことを考えるとぞっとする。久遠が戻ってきたのは、事故を起こした男が不審死したと知ったからだ。

男たちを連れ去ったのは、いつもの木島組の警護だ。見憶《みおぼ》えのある顔もいた。店への往復を含め、定期的に木島組の人間を見かけるが、今回はそのおかげで自分はいまこうして無事でいる。

大事に至る可能性も大いにあった。

気持ちが落ち着くと、意識は久遠に向かう。心配してくれたからか、それとも単に訪ねてきた直後だったからなのか、この際理由はどちらでもよかった。戻ってきた、それはまぎれもない事実だ。

過去にも、未遂を含めて人質にされたことはある。そこから得たのは、弱点になっては駄目だという教訓だ。自分がさらわれると、久遠の足枷《あしかせ》になる。それを避けるためもあって、なにかあるたびに距離を置いているし、事故が起こる前もそうしていたのだが。

和孝自身の課題でもある。あいつは人質にはならないと思わせるには、どうすればいいのか。どれだけ気をつけていても、万全ではない。ずっと考えて考えて、いっそ人質にされた時点で潔く舌でも噛むかと極端な思考にまで及ぶほど考え続けてきた。

いまだ考えている最中だが、さっきの出来事はひとつの答えになった。自分の場合、こうと決めたところで、結局、その場になると考えるより先に身体が動いてしまうらしい。

久遠が呆れるのも頷《うなず》ける。

それでも、いまの出来事がいい結果をもたらすと信じたかった。木島組の護衛を掻《か》いくぐってまで自分を捕らえようとしてきたのはそうするしかなかったからだし、捕らえた男たちをきっかけに木島組が一気に収束させようとするだろうことは、素人である自分でも想像がつく。

滞っていたいろいろなことが動きだすにちがいなかった。

キッチンで水を飲んだ和孝は、一息つくと、いま頃になってグラスを持つ手が震えていることに気づいた。

「……よかった」

心からの言葉だ。

もっとも重要だと言ってもいい。いくつもの傷痕がある久遠の身体を思い浮かべると、今日、無事だったことが単純に嬉《うれ》しかった。

危険な環境に身を置いている久遠だからこそ、これ以上は傷をつけてほしくないと願うのは自然な心情だ。どれほど不満を持とうと、悪態をつこうと、たとえ忘れられたままであろうと、ただひとり特別な男であるのは間違いないのだから。


そう思ったのは真剣な気持ちからなのに、また来ると言った当人は、その日を境にぱたりと顔を見せなくなった。せっかく前向きに考えようとしていたという矢先に連絡を絶たれると、なにかあったのかと不安になるのはどうしようもない。

あっという間に数日が過ぎ、その間メールひとつ来なかったせいで意味もなく頻繁に携帯をチェックして過ごすはめになった。

定休日も音沙汰《おとさた》なしだ。こちらから連絡しようと一度ならず思ったものの、仕事の邪魔をするのではと、躊躇いが先に立つ。大事なのは自分の気持ちで、久遠に記憶を取り戻せと急《せ》かすことではないと気づいたとはいえ、こんな調子ではそれ自体に疲弊してしまいそうだった。

ひとりで過ごす休日にぼんやりとソファに座り、つらつらと考える。先週の定休日には久遠がやってきた。その翌日にあの深夜の騒動があって——以来、この有り様だ。

後始末に奔走しているにちがいないとか、数日連絡がなくなるのなんて今回に限らずよくあったとか、いくらも理由は思い当たるのに、こんなふうにぐだぐだとしてしまうのは、きっと朝から降っている雨のせいだろう。

「あ……ちがった」

そういえば、「また来る」ではなく「また連絡する」と言ったような気がする。などとどうでもいい思考に至るのも、きっとそのせいにちがいなかった。

動くのも億劫《おっくう》で、目線だけ窓のほうへ向ける。

雨脚は強くなっていく一方だ。

窓ガラスに幾重にも伝っていく水の筋を眺めて、ぬるくなったコーヒーを手にしたまま、テーブルの上の携帯を眺めて——すでに一時間以上。

「掃除機くらい、かけたい」

口にするばかりで行動に移す気になれず、リモコンを手にしてテレビをつけた。ゴルフにバラエティと、チャンネルを替えていたとき、昼の情報番組で手を止める。というのも、画面に映し出されたのが見知った顔だったからだ。

小笠原諒一《おがさわらりょういち》だ。一時期、行方不明だった小笠原は、殺人犯の容疑者にされたあと、ひょっこり当人が現れた。容疑者のホームレスは別人で、本人は自分探しの旅に出ていたと冗談みたいな返答をして世間を呆れさせた。

その小笠原がまたインタビューを受けているのは、どうやら来月出る自叙伝の宣伝のためらしい。雲隠れしている間に執筆していたというが、果たして本人が書いたのかどうか怪しいものだ。

だいたい誰が買うんだよ、と思わずテレビ画面に突っ込みたくなる。

『え、ああ、そのへんも本に書いたから読んでほしいな』

相変わらずの小笠原は派手なパフォーマンスで、売り込みに余念がない。テンションも高く、つい先日、死亡説まで流れた人間とは思えないほど精力的だ。

「元気なおじさんだな」

元気を分けてほしいくらいだ。もともと派手好きな男とはいえ、身を隠していた月日が長かったせいか、やけに昂揚《こうよう》しているようだった。

おかしなものだと、小笠原を眺めながら思う。

亡くなったはずの人間が生きていて、命を取り留めた人間が突然死んでしまう。やくざの世界では日常茶飯事なのだろうし、実際、そういうものなのかと納得している自分もいる。

そんな考え方になっている時点ですでに普通ではないような気がするが、こうなったのは久遠のせいだ。久遠の傍で、一般社会ではあり得ないことがまかり通っているのを目《ま》の当たりにして、理不尽な思いを味わわされて、常識が通用しない世界があると知った。価値観までも覆《くつがえ》させられ、自分で自分の思考にはっとする瞬間もある。

いや、久遠だけのせいにするのはフェアではない。つまるところ、それをすんなり受け入れた自身の責任がもっとも重いだろう。

結局、十代で久遠みたいな強烈な人間に会ってしまったことが影響している。あのときからずっと、和孝の中心は久遠だ。

不満を抱き、悪態をつき、心配し、恋い焦がれる。

感情が大きく揺れ動くときは、ほとんどの場合久遠絡みなのだ。

なのに、忘れやがって。

続けて会いにきたから、久遠なりに思い出そうと努力しているのかと思えば、ぱたりと連絡を絶つなんて、どれだけひとを振り回せば気がすむのか。

久遠を責めるのはやめるはずだったのに、結局のところいつもと同じになってしまった。

自分にとってそれだけ特別なんだ。と久遠に訴えたところでもはや無意味だが。

テレビの音はいつしか耳に入ってこなくなっていて、目で雨垂れを追い続ける。雨脚はますます激しさを増し、微《かす》かに雷鳴が聞こえてきた。

衝動的にソファから立ち上がった和孝は、部屋着を脱いでニットとパンツに着替える。車のキーを手に取り外へ出ると、あえてなにも考えずに車に乗り込んだ。

途中、ホームセンターに立ち寄った際も無心を貫く。下手に考えたら我に返り、自宅へ戻るしかなくなるからだ。

こんなこと、平静ではとてもやれない。無茶な奴だから、こんな無茶ができる。フロントガラスを叩《たた》く勢いの雨の中、目指す場所は木島組だ。そういえば乗り込んだ過去が——と当時の無謀な行動をうっかり頭によみがえらせそうになり、即刻振り払った。

事務所のあるビルの前で停車する。エンジンを止めると、あとは待ち人が現れるまでじっとしていればよかった。

と、十分もたっただろうか。唐突に窓を叩かれ、和孝ははっとしてそちらへ目をやった。

そこにいるのは、渋面の沢木だ。

窓を下ろすと、降り込んでくる雨にも構わず、

「なに？」

沢木に問う。沢木はますます渋い顔になり、低く、脅すような声をぶつけてきた。

「こっちの台詞だ。てめえ、ここでなにをしてる」

「沢木くんには関係ない。邪魔しないから、放《ほ》っといて」

なんてばかっぽい台詞だ。わかっていながら撤回はせず、窓を閉めようとした。が、その前に沢木が手で阻止してきて、鋭い双眸《そうぼう》で凄《すご》んできた。

「放っておけるわけねえだろ。事務所の前に不審な車が停まっていたら、みんな警戒する」

沢木の指摘はもっともだ。

「てめえ、なに考えてるんだ」

せっかく無心でここまで来たのに、台無しだ。そんなの、こっちが聞きたい。沢木を前にして、どうしてこんなことをしてしまったのかと思った途端、自己嫌悪に陥った。

「なにを考えてるかなんて……俺だってわからないよ」

この雨がいけなかった。雨が冷静さを失わせる。雨は、自分にとって重要だ。

「いますぐ帰れ」

沢木のこの言葉も想定済みだ。沢木は正しい。だが、素直に従うくらいなら、ばかになってまでここまで押しかけてこなかった。

和孝はドアを開け、運転席から降りると、ホームセンターで初めて買った花柄の傘を木島組のビルに向けて開く。

花柄の傘は本来見たくないものだが、それだけに過去を思い出すときには欠かせないアイテムだった。自分の気持ちを自覚するきっかけになったものだからだ。

こっちを見ろ。

もはや呪《のろ》いの言葉も同然に胸中で念じつつ、その場で傘を突き上げる。

「おまえ、どういうつもりだ？」

これにも答えられなかった。強《し》いて言えば、これは精一杯のＳＯＳだ。久遠に気づいてほしい。望みはそれだけだった。

「……てめえだけだと思うなよ。俺だって、いっぱいいっぱいなんだっ」

突然、沢木が絞り出すような声を発した。沢木の本音に触れて、和孝は視線をビルから目の前の沢木へ戻す。

「親父は……親父だ。なにも変わらない。けど、俺とのことを忘れてる。それが俺は……」

ぎりっと音がするほど奥歯を噛《か》み締《し》める沢木にかける言葉はない。沢木の心情は、痛いほど伝わってくる。

久遠は久遠で、なにも変わらない。そのことに安堵《あんど》したのは本当なのに、やはりどうしても欲が出る。なんで忘れたんだと責めたくなるし、一言一言に深く傷つきもするのだ。

「くそっ。なんでてめえにこんなこと……っ」

和孝は、傘を畳んだ。

「うん。ごめん。帰る」

他になにが言えるだろう。同じ忘れられた立場の沢木が懸命に耐えて運転手としての務めを果たしているのに、年上である自分が感情的になっている。

でも――。

「また来るから」

まだ終われない。たとえ久遠がこのまま距離を置くつもりだったとしても。

「ここには来るな。どうしてもっていうなら自宅にしろ。親父が帰る時間を、俺が連絡するから」

「……沢木くん」

「早く行け」

それを最後に沢木は背中を向ける。

若い沢木にこれまでずいぶん助けられてきた。勝手に親近感を覚えているし、信頼もしているが、いま初めて沢木のことが年相応に見えたような気がしていた。

きっと沢木と自分は似ているのだ。同じ男に拾われて、人生を変えられた。立場こそちがっても、大事に思う気持ちは共通していた。

車に戻った和孝は、一度ビルの上階へ視線を向けてから車を発進させる。久遠が気づいたのか気づいていないのかわからないが、もはやそれすら二の次になっていた。

おとなしくしているのは性に合わない。無茶と呆れられようと、自分のやりたいようにやる。このまま知らん顔されてたまるか。俺はあきらめが悪いんだ。

覚悟しろよ、と前方を見据えたまま、和孝は心中で宣言した。


降りしきる雨の中、ひと際鮮やかな花柄を上総は室内から目にする。灰色の風景にその傘はひどく目立っていて、やってくれる、と頭を抱えずにはいられなかった。

柚木が極端な行動に出るのは、今回が初めてではない。以前にも唖然《あぜん》とするような言動は何度かあった。とはいえ、突飛という観点からすると今回が最たるものかもしれない。

「……なんでしょう」

驚きから発した一言に、さあ、と安穏とした返答がある。

久遠の反応は当然だ。彼との記憶をすべて失っているため、たとえ花柄の傘になんらかの意味があったとしても憶えていないだろう。

柚木もそれを承知しているはずなのに。

それでも、久遠が面白がっているのは間違いなかった。窓の外を見る横顔はどこか愉しげで、彼に対する好奇心、それ以上のものが感じ取れた。

十年前もそうだった。当時の久遠は組と自身の地位を上げることだけに躍起になっていた。両親を死に至らしめた相手を探しているというのは聞いていたので、ひたすら事実を知ろうと進む久遠を見ていると、同情めいた感情も湧《わ》いた。

変化を感じ取ったのは、いつだったか。

家出少年を拾ったと知ったときは驚いたし、久遠のためにもその子のためにも追い出したほうがいいと忠告した。一方で、初めて目にする表情を前にして、それが家出少年の影響であることに少なからず驚きもあった。

あのときといまは、状況は異なるものの似た印象を抱く。

久遠を人間らしくするのは、いつも彼だ。当人たちは果たしてそれに気づいているのか、いないのか。傍で見ていると、傍にいるべくしていると思えてくるから困る。

おそらくふたりは、自分に欠けている部分を互いに補っているのだろうと、そんな気にさせられるのだ。

「本当に無茶をされる」

覚えずそんなことを口にしたのはそのせいだった。

少なからず後ろめたさもあるかもしれない。常に必死でその場に留まろうとする柚木を傍から見てきたからこそ、いっそこのままのほうがいいのではないかとも考える。

「そういう男なんだろう?」

以前、柚木が女性であればと冗談めかして言ったことがあった。その後は「男でよかった」とも言った。ようは、どちらでも同じだったのだ。

女か男かは、自分にとってはさほど大きな問題ではない。柚木和孝というひとりの人間と会ってしまった。変えようのないその事実が久遠、そして組にとって吉と出るか凶と出るか、重要なのはその一点だ。

だが、答えが出るのはまだ先になるらしい。なにしろ疎遠になる絶好の機会ですら無になると、久遠を前にして確信した。

「ですね。彼はそういう男です」

半ばあきらめの境地でそう返す。この機に離れたほうがいいと考えていた自分の浅はかさを実感していた。

と同時に、古い友人の言葉を思い出す。

あれは、いつだったか。すごいよな、と奴はやけに嬉しそうに笑った。あのふたりの行く末を見てみたいじゃないか、と。

そのときは、下世話なことをと眉をひそめたけれど、すでに否定できなくなった。

運命とか宿命とか、そういう陳腐な言葉を使う気はない。そもそも信じていない。

そんな自分が、小さな巡り合わせやタイミング、引き合う力に何度瞠目《どうもく》したか。ふとした瞬間、すべてを捨ててふたりで行けばいいと情動に任せて口走ってしまいそうになったほどだと打ち明ければ、いまの久遠はなんと答えるだろうか。

「――失礼します」

白日夢のような思考を振り払い、内ポケットで震えだした携帯を確認する。

「八重樫です」

八重樫には、電話があった翌々日に連絡をした。久遠からの返事を伝えるためだ。いまかいまかと待っていたのだろう、開口一番、捲《まく》し立《た》てる勢いで弁明を並べ始めた。

曰《いわ》く、金を出したのは単なる香典で、斉藤組とは植草さんが亡くなってから疎遠になっている、なにも知らなかった、だ。

自己弁護にしても芸がないと腹の中で嗤《わら》いつつ一応耳を傾けてから、おもむろに切り出した。

久遠が顧問に出したのと同じ課題を。

――八重樫は顧問と同じというわけにはいかない。うちの立ち会いのもとでやるよう条件を出せ。

老齢の顧問とはちがい、八重樫には先がある。隠居目前の顧問より課題が難しくなるのは必然と言えた。

日付が決まったら電話をしてくるようにと、自身の番号を伝えておいたので、用事はその件だろう。

久遠が頷くのを待って、上総は電話に出た。

「瀬名と会うのはいつになりましたか？」

挨拶《あいさつ》を抜きに、本題に入る。

八重樫は喉《のど》で唸ると、周囲を警戒してか、ひそめた声を聞かせた。

『四時間後——五時に、うちの組で会うことになってる』

「ずいぶん急ですね」

いったん携帯を耳から離した上総は、八重樫の言葉を久遠に伝える。その後、ふたたび八重樫との電話に戻った。

「まさか、なにか企《たくら》んでいませんか？」

『冗談だろっ。向こうが急に言ってきたんだ』

普段は泰然と構えている八重樫だが、己の立場をちゃんと理解できているようで、言葉《ことば》尻《じり》に被《かぶ》せる勢いで否定してきた。

『もともと俺も嫁も斉藤組とそれほど懇意じゃねえ。親族と言ったって、盆暮れの挨拶くらいなんだよ。そんな奴に肩入れして身を滅ぼすなんざ、誰がするか』

嘘でないことは確認済みだ。八重樫の妻、和美《かずみ》は植草の従妹《いとこ》だが、子どもの頃から馬が合わず、盆暮れの挨拶もおざなりになっていたのは間違いなかった。

今回、岡部ではなく八重樫に白羽の矢を立てたのはそういう理由だった。

「こちらから数人向かわせます」

『……わかった』

電話を切ると、一礼し、あらかじめ決めていた者を八重樫のもとへ送る算段をつけるためにドアへと足を向ける。

窓から離れた久遠が、煙草《たばこ》の火を消す傍ら唐突に切り出した。

「俺が行こう」

「え……」

組長自ら出向くような仕事ではない。しかも一介の組長ではなく、不動清和会《ふどうせいわかい》の若頭だ。

あり得ないと首を横に振る上総に、久遠は、愉しみを奪うなとでも言いたげに口角を上げた。

「仕上げだぞ？　この目で見届けたい」

当然だとでも言いたげだ。

こういう部分も、記憶を失った弊害か。普通であればけっしてそうしないだろうに、財務係の頃の認識をあらためるのはこうも難しいらしい。

「わかりました。では、私も同行します」

事務局長なので、と言外に告げる。

久遠は肩をすくめただけで、反対はしなかった。

まさか木島組の組長と若頭が揃《そろ》ってくるとは予想だにしていないだろう、近田《こんだ》組は騒然となるな、と思ったものの原因は先方にある。我慢してもらうしかない。

「予定どおり真柴《ましば》と水元《みずもと》を同行させましょう」

部屋をあとにすると、いつものように事務所に顔を出し、若い組員たちに声をかける。集金から真柴が戻ってきたタイミングで合流し、めずらしく落ち着かない様子の水元の運転で近田組へ向かった。

普段は風俗店の管理を担当している真柴と、沢木の代わりに組長の運転手を務めたことのある水元、中堅であるふたりを選んだのは、度胸のよさに加えて、機転が利く部分を買ったためだ。

同じ条件なら沢木も該当するが、久遠は真っ先に除外した。

沢木が聞けば直談判《じかだんぱん》してくるはずだが、上総自身、異論はなかった。まだ二十代半ばの沢木は圧倒的に経験が足りていない。もし斉藤組が強行に出た場合、真正面からぶつかっていって刃傷沙汰《にんじょうざた》にもなりかねなかった。

早い話、組のために躊躇《ちゅうちょ》なく命を投げ出すような者は、今回の仕事には不向きだ。もっとも、沢木に限っては組というより組長のためだろうが。

「あいつらの間抜け顔が目に浮かぶようっすわ」

助手席で真柴が、かかと笑った。組のムードメーカーはこういう場面でも変わらず、馴《な》染《じ》みのキャバ嬢に会いに行くときと同じ表情で目を輝かせる。後部座席に乗った久遠の姿を見て「マジっすか」と驚いたのも一瞬、すぐに順応し、いつもどおりに振る舞っている。

「真柴。若い奴らを引っ張り回すんじゃない。おまえもいい歳になったんだから、少しは落ち着いたらどうだ」

この際と忠告しても、真柴の応《こた》えは敬礼だ。

「わかってます！」

まったくわかっていないんだろうなと呆れる一方、年齢を重ねても変わらないのが真柴のいいところだというのも本当だった。

多くの子分ができても、一緒にばか騒ぎができる人間は貴重だ。自分が真逆のタイプだけに、羨《うらや》む気持ちもある。

最後にはめを外したのはいつだったろうと考える。

ああ、そうだ。高校のときだ。

またしても頭に浮かんだ古い友人の顔に、覚えず眉根が寄る。月を跨《また》いだ案件がやっと解決しようかというときに、にやけた顔など思い出したくない。

すぐに振り払うと、運転席の水元に声をかけた。

「一度離れた場所で停めなさい」

事務所を出てから二時間弱。あと少しで近田組に到着するという場所で停車する。大通りから横道に入った路地にある幅のせまいビルの四階と五階が近田組の事務所だ。一階から三階は、旅行会社やスナック、ダーツバー等の比較的まっとうな商売をしている店舗が入っている。

すべて近田組のものだ。

「特に、おかしな動きはないですね」

水元の言葉に頷いた上総は、車を進めるよう指示する。近田組の前を通り過ぎ、近くのパーキングに向かったのは、あとから来た瀬名に車を見られると元も子もなくなるという理由からだった。

ビルの前で待っていた近田組の組員は、予定外の訪問客に声も出ないほど驚愕《きょうがく》し、見る間に汗だくになる。五階まで案内するうちにも、スーツの上から汗染みが見てとれるほどになった。

今日の段取りとしては単純だ。応接室の隣室で待機した後、八重樫が話を引き出したタイミングで執行部幹部会に処分の申し入れをする旨を瀬名に宣告する、それだけだった。

処分のみが目的なら録音だけでも事足りたが、わざわざ出向くことに決めたのは、亡くなった斉藤組の先々代、三代目の義兄弟への餞《はなむけ》だと言ってもいい。斉藤組が早急に取り潰しとなるのは、決定事項だ。

五階でエレベーターを降りると、八重樫本人の出迎えを受ける。空調の効いた場所で額に汗を搔いているのは、久遠が出向いてきたことで自身の立場の危うさを自覚しているからにほかならない。

「話し合いに来たわけではないので、お構いなく」

上総の言葉にもぎこちなく頷くだけだ。

隣室は会議室なのか、長机やパイプ椅子《いす》が並んでいる。コートを脱いだ久遠が腰かけるのを待って、上総も椅子に座り、瀬名の来訪を待った。

目の前の長机には、指示どおりスピーカーが置かれている。話はすべて筒抜けになるが、八重樫にしてみれば、親しくもない斉藤組の巻き添えを食らわないための苦渋の選択でもあるのだろう。

「しかし、植草に負けず劣らず瀬名も狡猾《こうかつ》な奴だ……果たして、うまく乗ってくるかどうか」

深刻な表情になる八重樫に、いまさら予防線かとうんざりする。一度やると受け入れた以上は四の五の言わず行動で示せ、と木島の組員であれば一喝するところだが、そこまで親切にする気はなかった。

「うちとしては、どちらでもいいんです」

一言そう答える。事実、八重樫が瀬名に反撃されて引っ込む程度の男なら、見切りをつけるだけだった。

むう、と喉で唸った八重樫の額に青筋が浮く。会の若頭である久遠に言われるのならまだしも、格下の人間に生意気な口を叩かれて、いま八重樫の腹の中は煮えくり返っているにちがいない。

唇に歯を立ててまで我慢するのは、この場に久遠が同席しているからにほかならなかった。終始無言であっても、無言だからこそか、厭《いや》というほどの威圧感を受け取っているはずだ。

「親父」

組員が瀬名の来訪を告げる。約束の時間より二十分は早い。狡猾な瀬名らしいやり方だ。

近田組の組員をひとり残し、硬い表情の八重樫が出ていく。

しばらくすると、他愛のない話がスピーカーから聞こえてきた。

「とっととゲロってくれないっすかね」

気がはやるのか、さっきから真柴は貧乏揺すりをしている。水元は水元で、何度も手を握ったり閉じたりしている。ふたりとも柄にもなく緊張しているようだが、それも致し方ない。組ひとつを処分する機会に居合わせるなど、そうそうないことだ。

上総自身、二度目だ。

一度目は、今回のきっかけのひとつ、砂川組に解散を迫ったときだ。あれにしても、組長である久遠が出向く必要のない事案だったにもかかわらず足を運んだのは、柚木を同行させたいがためだった。

無論、反対した。が、久遠にはそうする必要があったようで、折れなかった。

砂川組は考えていたより結束の固い組だったため、現在に至っても残党が命がけで報復に出ている。斉藤組がそれに乗ったのは植草の仇《かたき》討《う》ち、というより瀬名が自身の立場に不満を持っているからだろう。

幹部に名を連ねられると期待していたのに、梯子《はしご》を外された格好になった。そうしたのは三島だが、砂川組の残党を利用するために木島組へ標的を定めた、それだけの話だ。

久遠を引き摺り下ろせば、自分が取って代われるとでも思ったのだとしたら、あまりに短慮というほかない。自身の力量を見誤っているうえ、功績がちがいすぎる。

「飽きたな」

ふいに久遠が口を開いた。言葉どおり退屈しきっているようだが、態度にまで出すのはわざとだろう。

「そうですね」

隣室では雑談が続いている。いったいいつになったら八重樫は本題に入るつもりなのか。よもやできませんでしたとでも言うつもりでは――。

ひとり残っていた近田組の組員が、さっと顔色を変える。久遠の半眼に耐えきれず、慌てて部屋の外へと出ていった。

賢明にも八重樫に諫言《かんげん》に走ったようだ。まもなくだった。

『ところで』

唐突に八重樫が切り出した。植草を偲《しの》ぶ会の話題から、金の話へと移行する。ふたりの言い合いはやがてヒートアップしていった。

『おまえは、自分自分だよな。植草さんの仇を取りたいっていうのも方便で、自分のためなんじゃないのか』

八重樫がたっぷりと皮肉を込めた言い方をした。

『こっちが下手に出てりゃ、ジジイがいい気になりやがって。ようはてめえが不動清和会の若頭様にブルってるだけだろ。先代に世話になっておきながら、保身ばっかの腑《ふ》抜《ぬ》け野郎が。俺らがやってることを見て見ぬふりをしていたって、みんなにバラしてもいいんだぞ』

年齢も肩書もずっと下の瀬名の挑発を聞き流せるはずがない。八重樫は声を荒らげる。

『調子にのるな！　若造が！　俺が黙っていたのは、和美が関わるのを厭がっていたからだ。俺が腑抜けなら、おまえは阿呆《あほう》だ。自分を過大評価して、木島組に喧嘩《けんか》を売って勝てると勘違いして、結局組を潰すはめになる』

『は。勘違い？　現にいま、木島組を追い込んでるけどな。若頭様もいま頃四代目の機嫌をとるのに必死なんだろ？　昔はどうだか知らねえが、いまは四代目の腰巾着《こしぎんちゃく》ってか？で？　俺を呼び出したからには金を用意してるんだろうな』

挑発されて瀬名が声を張る。

「よしっ」

スピーカー越しにそれを聞いた真柴が小さくこぶしを握るのとほぼ同時に、久遠も席を立った。

応接室へのドアを開ける。直後の瀬名の顔は見ものだった。これ以上ないほど目と口を開き、まともに言葉も発せないほど動揺をあらわにする。

それも致し方がない。瀬名にすれば、よもや久遠がこの場にいるとは予想だにしていなかったはずだ。

「……く、くど……」

その名前すらまともに発せられなかった瀬名だが、次には顔を赤黒く染め、八重樫に食ってかかった。

「だ、騙《だま》しやがったなっ」

こういう手順も無駄でしかないため、瀬名をさえぎり、こちらの言い分だけを明言していく。

いまの会話を証拠として、執行部幹部会にかけること。木島組は、斉藤組の解散を提案すること。親族は資金提供を認めたため、軽い処分ですむこと。

すべてを伝え終わったあと、しばらく愕然《がくぜん》とした様子で言葉もなく立ち尽くしていた瀬名だが、どうにもならないと悟ったのだろう。いきなり懐から銃を取り出した。

組長を見て、同行の部下ふたりも倣《なら》う。

「醜いな」

背後で黙って成り行きを見ていた久遠の、ぼそりとした呟《つぶや》きはまさにそのとおりだった。

悪足掻《わるあ が》きも域を超えると、醜いことこのうえない。自棄《やけ》でも乱心でも、四面楚歌《しめんそか》に陥ったときこそ本人の資質が出るというのは事実だ。

「……俺が、丸腰で来たと思うか！　てめえが臆病《おくびょう》で卑怯《ひきょう》なのはわかってんだよっ、八重樫っ。木島組に尻尾《しっぽ》を振りやがって……外にいる十人も俺の合図で乗り込んでくるぞ。ちょうどいい。てめえら、まとめて片をつけてやる！」

それにしてもここまで愚かだとは思わなかった。植草を亡くしたあげく冷遇されていると斉藤組に同情する者もいたが、三島の目は確かだったようだ。

この程度の組長ならば、どちらにしてもこういう結末を迎えただろう。

「ああ？　やってみろや！」

近田組を差し置き、真柴と水元が前面に立つ。いまにも飛び掛かりそうな勢いのふたりを止めたのは、久遠だった。

八重樫に視線を送ったあと、久遠は自ら瀬名との距離を縮める。

「待……っ」

反射的に止めようとしたものの、右手で制されてしまっては口を閉じるしかなかった。

「愚かな組長を持つと、割を食うのは組員だ。その空っぽの頭でよく考えるといい。考えてなお、銃で片がつくと思うのならもう止めない」

瀬名の正面に立ち、揺れる銃口を手にとって自身の胸まで導いた久遠に、上総は呼吸すら忘れて身を硬くする。シャツの下にかいた冷たい汗がひどく不快だった。

久遠がこういう手段をとった理由はひとつ、瀬名自身はさておき、組員にはまだチャンスがあると言いたいのだ。いまなら、本人が望めば他の組に拾ってもらえる者もいるだろう。だが、この場で銃撃戦に至った場合、その可能性はゼロになる。

理解してはいるものの、銃の前で無防備なまでに身体をさらす久遠が信じられず、血の気が引いていく。それは真柴や水元はもとより、近田組でさえ同じだろう。

瀬名が人差し指を動かせば、命を落とす危険もあるのだから。

いまや紙のごとく白くなった瀬名の顔から、どっと大量の汗が噴き出す。銃を握った手も大きく震えている。

「や……やってやるっ」

血走った目を剝《む》くと、瀬名は両手で銃を構えた。

だが、いつまでたっても実行する様子はない。組員を思ったわけではなく、目の前の久遠に圧倒され、できないのだ。

震えるあまり、とうとう瀬名が銃を取り落とした。

「野郎！」

待ってましたとばかりに、真柴が瀬名に飛《と》び蹴《げ》りをする。鈍い音をさせて瀬名が床に倒れると、すかさず水元が押さえ込む。

斉藤組の組員は組長が捕らえられる様をただ傍観していた。

「あとはよろしく頼む」

八重樫にそう告げ、久遠は応接室を出ていく。真柴と水元を連れて上総もそのあとに続いたが、手の震えは残っていた。

「いまのような真似は、絶対にやめてください」

帰路の車中でやっと口を開くと、開口一番に久遠を詰《なじ》った。久遠がその身を銃の前にさらしている間、一秒が一時間にも感じるほど長く、生きた心地がしなかった。

「あの男に撃つ度胸はないさ」

久遠は平然と言うものの、物事に絶対はない。追いつめられた者が意外な行動に出るというのはよく聞く話だ。

「頭の言うとおりっすよ！　マジで勘弁してくださいよ。うちの組長がもし撃たれていたら、俺、あいつら皆殺しにしたあと、自分の腹掻《か》っ捌《さば》いて後を追ってましたから！　嘘じゃないっすからね」

洟《はな》をすすりながら、助手席の真柴が車内に半べその声を響かせる。運転席の水元も同じ気持ちなのだろう、大きく頭を上下させた。

反して久遠は笑みを浮かべている。

「報復するくらいなら、組の存続に心血を注いでくれたほうがいい」

おそらくこれが久遠の本音だ。自身が両親の死をずっと追いかけてきて、報復が生むのは負の連鎖のみだと身をもって知るからこその言葉だと言える。

「それに、おそらく問題ない。どうやら俺には幸運の女神がついているらしいからな。あ、いや、男か」

なにを思い出してか、どこか愉しげに発せられた、らしくない一言に、なんの話だと怪訝に思う。が、ひとりの顔を頭に浮かべてしまった時点で同意したに等しいだろう。

どう返すべきかと思案していると、有坂《ありさか》から久遠へ電話が入った。

有坂の声は、隣に座る自分にまで聞こえてきた。

『俺を仲間外れにして』

自分も行きたかったと文句を前口上に、用件に入る。

『顧問からの使いが瀬名との電話の録音テープを持ってきました。せっかく頑張ってくれたようだから大事にとっておきますか。なにかのときに使えるかもしれないし』

「そうだな、そうしてくれ」

用件をすませた途端にまた『次は俺も一緒に行きますよ』としつこく絡んだ有坂だが、

「わかったわかった」

久遠の言質《げんち》をとるとやっと納得して電話を切った。

「有坂が拗《す》ねている」

これには、ふっと口許が綻《ほころ》ぶ。有坂の電話のおかげで緊迫した空気はいくぶんやわらぎ、上総もいったんネクタイを少しだけ緩めて息をついた。

「これでしまいにしますか？　それとも」

その先は口にしなかった。いまの久遠ならば疑心を払うためには三代目に直談判してもおかしくないと思ったが、どうやら杞憂《きゆう》だった。若いときの危うさは感じられても、やはり当時とはちがうらしい。

「とりあえずはしまいだ」

あっさり幕引きを決める。その後、

「さっきのことだが、誰にも言うなよ」

自分を含めて、水元と真柴に釘《くぎ》を刺した。

久遠彰允《あきまさ》という男は、これまで会ったなかでもっとも聡《さと》い男だ。裏を読み、先々を見て行動し、ときには引くことも厭《いと》わない。稀有《けう》な存在だと言って間違いないだろう。

そういう男だから、先刻の無謀とも言える行動を聞かされた組員がどう思うかは自明だった。組員のためにも内密にしたほうがいい。

腕を組み、目を閉じた久遠の横で上総は先の展開について思案する。

砂川組の残党が片づいても、解散を余儀なくされた斉藤組の組員たちはどうするだろう。おそらく、何人かは別の組に入り、何人かは堅気になる。そして、残りの者たちは、また報復に出るかもしれない。植草にしても瀬名にしてもお世辞にも慕われていたとは言いがたいトップだったが、はぐれ者にとって組は家であり、組員は家族だ。

ちりぢりにさせられた家族がどう出るか。

切りがないな、と上総は胸中でこぼした。

久遠が五代目の座につき、木島組の規律を不動清和会の規律にする以外避ける術《すべ》はないだろう。それにしても完璧《かんぺき》とは言いがたい。

「あ、またすげえ降ってきやがった」

真柴が舌打ちをする。

「最近、雨続きで鬱陶《うっとう》しいな」

水元がため息をこぼした。

二時間弱の道程、徐々に大きくなっていく雨音に耳を傾けながら脳裏に思い浮かべたのは、銃の前に立ちはだかった久遠の姿だった。

なにが女神がついているだ。

途端にまた肌が冷えていくのを感じて、隣に座っている男の危うさを再認識した上総は、二度とごめんだと心中で吐き捨てた。

5

Paper Moon《ペーパームーン》の定休日は毎週土曜日だが、月に一度、第三水曜日も休みになっている。

もともとは食べ歩きや各々のスキルアップに使う日としていたものの、ここのところ本来の目的は果たせておらず、今日も、土曜日にはやる気にならなかった家事をすませようと前日まで意気込んでいたのに——またこの雨だ。

結局、朝からなにもせずにぼうっとして、雨音を耳で追いかけている。仕事がある日であればそれに集中できて気がまぎれもするのに、こういうときに限って休みだ。

今日の予報は一日雨で、朝から晩まで雨音を聞いていなければならないかと思うと、それだけで鬱々《うつうつ》となった。

沢木《さわき》はやると言ったらやる男なので、一昨日《おととい》、昨日と夜に久遠《くどう》の帰宅を知らせるメールが入った。

『ありがとう。もう大丈夫だから』と辞退の返信をしたのは、別に先日の行動を反省しているからではないし、あきらめたわけでもないが。

自分もいっぱいいっぱいだと言った沢木にこれ以上迷惑をかけまいという気持ちはある。久遠への迷惑は——どうでもいい。

「……ていうか、また連絡するってあれはどうなったんだよ」

身勝手にもほどがある。いや、初めからそうだった。身勝手で、強引。こちらの心情などお構いなしに、自分のやりたいようにやる。

いい気なものだ。俺がどれだけ心配しているか知ろうともしないで。

「十時、か」

携帯で時刻を確認した和孝《かずたか》は、

「よし」

ソファから腰を上げると隣室へ移動した。ぐだぐだよけいなことは考えずにクローゼットの中から鞄《かばん》を取り出すと、下着やシャツ等、荷物を詰める。すべては雨のせいにして、思い立ったが吉日とまたしても衝動的な行動に出ることに決めたのだ。

電車の時刻を調べると、花柄の傘、ではなく普段使いのビニール傘を手にして家を出る。駅に向かう和孝が目指す場所は、言わずと知れた過去に一度だけ訪れた場所、湯治場だ。

あのときは、自分が選んだ湯治場が木島《きじま》組の別荘からそれほど離れていない場所だったとは知らなかったので、これもなにかのいたずらか、なんてオカルトめいた考えにも至った。いまは、巡り合わせとか宿命とか、そういう目に見えないものは確実にあると信じている。相性と言い換えてもいいだろう。

あいにくの雨も、こうなると巡り合わせに思える。このタイミングでの雨は行動に移せという後押しだと都合よく受け止めて、電車を乗り継ぎ、同じ湯治場へ向かったのだ。

なぜか、なんてもはや後回しだ。

記憶を取り戻すためのなんらかのきっかけになればとか、忘れやがってとか、そういう気持ちはとりあえず脇《わき》に置いて、自分がしたいからする。久遠に迎えにきてほしいという願望すら、すでになかった。

ようは単なる自己満足だろう。

山中でタクシーを降りた途端、鄙《ひな》びた旅館に懐かしさを覚える。小さな受付で、宿帳に住所と名前を記したあと案内された八畳ほどの和室は、前回と同じ部屋かと思うほど既視感があった。中央にあるちゃぶ台の上には兎《うさぎ》の絵が描かれた臙脂《えんじ》色の茶びつと、銘々皿に饅頭《まんじゅう》がふたつ。

窓を開けると、そこから見える山の景色もやはり同じだった。

まるで三年あまりの月日が消えたように。

「まずは写真を送ってやるか」

携帯で、部屋と景色を写真におさめてすぐさま久遠に送信する。メールの文面はなしだ。和孝にしてみれば、旅行先から友人に絵ハガキを送るのと同じ感覚だった。

「次は、風呂《ふろ》だな」

携帯をちゃぶ台に置くと、さっそく大浴場へ向かう。以前同様、先客が何人かいて、顔見知りも多いらしく談笑しながら長風呂を愉《たの》しんでいるようだった。

和孝も先客に倣い、昼風呂と洒落《しゃれ》込む。髪と身体《からだ》を洗ったあと湯に浸《つ》かりながら四肢の力を抜くと、ぼうっとなる頭で、今度はなにをしようかと考えていた。

花柄の傘、湯治場、とくれば——次はなんだろう。木島組の別荘に行くのは難しいし、BM《ビーエム》はすでにない。他に印象深い場所を挙げるとすれば、田丸《たまる》の経営していたARCANO《アルカーノ》、あるいは拉致《らち》された中華街。どちらもあまり思い出したくない場所だ。

セックスばっかしてた部屋の記憶のほうが残ってるって、どうなんだよ。

いや、「してた」ではなく「してる」だ。現在進行形で久遠の部屋のほうがよほど印象深いし、恋人らしいことをしてこなかったせいで愉しかった思い出の場所が他になにも思いつかないのだ。

となると。

いっそ寝るか、と身も蓋《ふた》もない思考に至る。それが一番手っ取り早いというのは初めからわかっていた。なぜそれをしなかったのかといえば、やはり意地だ。

自分のことを忘れた奴《やつ》とは寝ない、あれは本心からだった。

「まあ……別にもうこだわらなくていいんだけど」

ぼそりと呟《つぶや》くと、のぼせそうになり、湯から上がる。

「お兄さん、もう出るのかい？」

馴染《なじ》みの客らしい年配の男が声をかけてきた。

「ええ。あとでまた入ります」

「そうするといい。ここの湯は疲労回復にはもってこいだ」

ひとりでやってきた訳ありそうな若い男を案じてくれたのだろう。そういえば前回のときも、見知らぬ自分に他の客が親しく話しかけてくれた。

「ありがとうございます。じゃあ、お先に」

汗を拭《ふ》きながら大浴場から部屋へ戻る。パタパタとスリッパの音を聞いていると、当時のことが明瞭《めいりょう》に脳裏に浮かび上がってきた。

あの日は、自販機で買った缶ジュースを手にして部屋に戻った。ドアを開けた瞬間、視界に飛び込んできたスーツの背中にすぐには言葉が出なかった。

見つけてほしいと思っていたものの、あまりの早さに驚くしかなかった。

――で？　答えは出たのか？

久遠に問われたとき、確か自分は怖いと返した。やくざだから怖いんだと思っていたけど、そうじゃなかったとも。

あのときより大人になったし、ふたりの関係はずいぶん落ち着いていて、いまはもう久遠に対して怖いなんて感情はなくなった。と、思っていた。

だが、それは表面上のことだ。真の怖さは、別のところにある。

久遠が記憶を失ったこともちろんだが、それ以上に怖いのはなにか起これば簡単に日常が変わってしまうと思い知らされたことだ。

久遠はいずれ五代目になるだろう。自分はずっと傍《そば》でそれを見ていく。そういう未来を思い描いていたけれど、そうじゃない道もあると、今回の件で知った。

どうして道はひとつしかないと思い込んでいたのか。交わった道はずっと交わったままと信じられたのか。目の前の道以外に、横にも斜めにもあるのに。

「…………」

首を横に振った。

さっきまで汗が出るほど暑かったというのに、急激に冷えを感じて今日も買った缶ジュースをちゃぶ台に置く。代わりに茶びつにあったほうじ茶を淹《い》れ、一息ついた。

携帯を見る。さっき送ったメールの返事はない。見たかどうかもわからない。

「別にいいけどね」

和孝は、枝分かれしている二本の道を思い描く。

もともと離れていた道を強引に交わらせたのは自分たちだ。離れたときはまた戻せばいいし、久遠にそれができないのなら自分がなんとかするだけのこと。そう念じると、分かれている架空の道をひとつにする。

「次の写真を送ろう」

なにがいいかと思案したのはつかの間、どうせなら自撮りに挑戦しようと決めた。

白地に紺の幾何学模様の入った浴衣姿で、ちゃぶ台に肘《ひじ》をついたポーズから始めたが、なかなか満足できずに幾度となく撮り直す。時間をかけて撮っては消してをくり返していた和孝だが、布団の上に寝そべったポーズを見た瞬間、なにをやっているのかと脱力した。

大の字で転がると、携帯を手から離す。

景色の写真だけではなく素直に自分の居場所を伝えたほうがいいというのはよくわかっていた。意味のない景色や自撮り写真をいくら送ろうと、返事は来ないだろう。

「……もともと耐え忍ぶって柄じゃないんだ」

なにしろフェラに、事務所の前でのパフォーマンスときて、これだ。無茶、無謀な行動で呆《あき》れられたことなら、それこそ数え切れないほどある。

きっと今日のこともそのうちのひとつになるだけ、と開き直ってはみたものの、明日のことを考えると長居はできない。

「終電、何時だっけ」

電車の時刻をチェックしたところ、思いのほかゆっくりしていられないとわかり、肩が落ちる。わざわざ遠出をしてみたものの、今日は帰って出直したほうがよさそうだ。

つらつらとそんなことを考えつつも、寝転んだ体勢で天井の木目を眺める。犬の顔や魚の形を数えながら、その後数十分過ごしたあと、やっと上体を起こした。

浴衣からシャツとパンツに着替え、帰り支度をする。前払いで精算はすませているため、鞄を手に旅館を出るだけだ。

「……二万人と鬼ごっこはどうなったんだよ」

潔さの欠片《かけら》もない愚痴をこぼし、ドアへ向かった。ドアノブに手を伸ばした和孝だが、開けたのは自分ではなかった。

「いまのは——俺ひとりじゃ不満だという意味か？」

「……っ」

自分の目を疑い、返答もできずに立ち尽くす。

まったく期待しなかったといえば嘘《うそ》になるが、それはメールの返信であって、けっして本人ではなかったのだ。

茫然《ぼうぜん》と久遠を見つめるばかりの和孝に、久遠が片方の眉《まゆ》を吊《つ》り上げる。

「来てくれと呼ばれたんだと思ったが」

呼んだつもりはない。が、久遠にそう言われると、無意識のうちに呼びつけたような気がしてくる。

「……もしかして」

思い出したから来てくれたのか。期待から、恐る恐る問うた和孝だが、そう都合よくはいかなかった。

「景色の写真があれば、どこにいるのか見つけるのはそう難しいことじゃない」

だよな、と力なく返す。簡単に思い出せるようなら、自分がこれほど悩む必要もなかった。

「もう帰るところだった」

驚きのあまり落とした鞄を拾う。

「送るか？」

この申し出は、意地を張らずにありがたく受けた。

「せっかくだから、お言葉に甘えるわ」

来たときはひとりだったが、帰りはふたりになる。文字どおりふたりきりだ。以前もそうだったように、久遠は沢木の運転ではなく、自身でハンドルを握ってここまで来ていた。

助手席におさまった和孝は、車内という閉ざされた空間で妙な心地になる。

わざわざ足を運んできてくれたことは、素直に嬉《うれ》しい。それだけに一度目を少しも思い出さなかったことには少なからず失望している。

それとも、わざわざ調べてまで来てくれたことのほうを喜ぶべきなのか。

まるで振り子みたいにいろいろな感情の間を行き来して、定まらない。気詰まりなのは久遠が昔の久遠でいる限り続くし、そうなると、引《ひ》き摺《ず》られて自分もあの頃の気持ちに戻ってしまう。

咳払《せきばら》いをした和孝は、沈黙に耐えられずに口を開く。

「次は、ＡＲＣＡＮＯか中華街に行くつもり」

久遠にしてみればどうでもいい話だろう。

「そうか」

返答はそれだけだった。もっとなにか反応を示せよ、と要求したところで無駄だというのはよくわかっている。

以前は話題ひとつに困り、長い沈黙に気が立つことが多かった。久遠がなにを考えているのかまったく理解できなかったから少しでも知りたくて、わざと悪態をついたりもしていた。

「……息が詰まる」

いまの自分を表すのにこの表現は的確ではなかったけれど、他にどう言えばいいか言葉が思い浮かばず小さくこぼす。

「息が詰まる、か」

くり返した久遠はそれきり黙ってしまい、和孝も口を閉じた。が、ものの数分が限度

で、また話しかける。

「ARCANOといえば、オーナーが代わってからは健全に、うまくいっているみたいだね」

いまの自分は、もうあの頃とはちがう。熟考の末、よりよいと信じて物事を判断することもできるし、そうしたいときは無謀な真似《まね》だってするのだ。と、それを久遠に示したかった。

話題がなければ、無理やり作るだけだ。たとえ久遠が望んでいなくても。

「ARCANO、知らない？」

「うちの店だ」

「え……あ、そう。なら、健全って言ったのは撤回する」

くだらない話だ。そのくだらない話こそ、いまの自分たちには必要なのかもしれなかった。

「ARCANOを先にするかな。なにかあっても、他人に迷惑はかからないってことだもんな」

次の話題はなににしよう。外はすでに日が落ち、すっかり夜の様相だ。いつの間にか雨はやんだようで、上空の雲の隙間《すきま》から月明かりがぼんやりと差している。

道路標識が目に入った。

「ああ。この道、憶《おぼ》えてる。前のとき——湯治場から木島組の別荘に行ったときにも通った」

懐かしいという意味の他愛のない一言に、なぜか久遠が小さく吹き出した。

笑い話をしたつもりはなかったため、怪訝《けげん》に思い、久遠の横顔を覗《のぞ》き込《こ》む。だが、それ以上なにも言わない久遠に、和孝もいよいよ話題に困り始めた。

もともと饒舌《じょうぜつ》ではないし、社交性にも欠ける。そのくせ鼻っ柱ばかり強くて、よく久遠は我慢していると思うことも一度や二度ではなかった。

なぜか自身の欠点を数えだしてしまい、一気に気持ちが落ちていく。車内の空気はどんどん重く淀《よど》んでいき、いっそ途中で降りようかと思い始めた頃、目的地に到着したのか車が停《と》まった。

「………………」

木島組の別荘だ。

憶えていないはずの久遠がどうして——和孝にしてみれば驚き、戸惑うことだったが、やはり久遠に変化はない。記憶を失ったと教えられたときからいままで、自分に見せる態度は一貫して冷静、焦る様子もなければ、忘れてしまって申し訳ないという気持ちもないようだ。

なんで軽々しく別荘になんて連れてくるんだよ。

心中で吐き捨てたつもりだったそれが、うっかり声に出てしまっていた。

「あ……」

結果的に責めたことになり、謝ろうとした和孝だが、久遠を見て気が変わる。いくらなんでもこうも平然と構えていられると、空回りしている自分がばかみたいに思えてきた。

「帰る」

早くそうすればよかったと悔やみながら、ドアレバーを引く。足を外へ出そうとしたとき、腕を摑《つか》まれた。

「駅まで歩ける距離じゃない」

「俺と一緒にいたって、つまんないだろ？　こっちもだから」

ムカつく。帰る理由にはそれで十分だ。

「和孝」

慣れた口調で名前を呼ばれるのも我慢ならない。

「そういう、呼び方すんなっ」

久遠の肩を押す。手を離してほしくて身体を捩《よじ》っても、どういうわけか解放されるどころかいっそう強く摑まれてしまったせいで、こちらも力任せに暴れるしかなかった。

あれこれ考えていたこともうどうでもよかった。

車内で揉《も》み合《あ》う。

「は……なせっ。俺がなにをしようと、あんたには関係ない！」

けれど、こういうときに限って久遠はしつこい。引き寄せられたばかりか、もう一方の腕は背中に回り、そのまま抱きすくめられたのだ。

「悪かった」

これにも神経を逆撫《さかな》でされる。悪いと思っていないくせにと、どんと久遠の胸を叩《たた》いた。

「謝るくらいなら……いますぐ、俺の男をここに、この場に連れてこいっ」

支離滅裂だというのは百も承知していた。久遠にしてみれば理不尽な要求であることも。事故で後遺症を抱え込んだあげく、責められるなんて割に合わない。

わかっていても、一度口にしてしまうと自制するのは難しかった。自分にしても、必死なのだ。

「俺は……どうすればいいんだ。ひとり放り出されて……いまさらどこへ行けばいいんだよっ」

どん、ともう一度叩く。

久遠がふっと片笑んだ。

「俺の男を連れてこい、か。ぐっときたな」

「……茶化すんじゃねえ」

よく見知ったその笑い方に、和孝は次にぶつけるはずだった言葉を呑《の》み込む。なんのかの言ったところで、久遠の手のひらの上で転がされるのを望んでいるのは自分自身だ。

「傘を気にしているとは思わなかった」

「……傘？　花柄の？」

期待するな、と心中で自身に言い聞かせつつ問う。また否定されたらと、それが怖かった。

「気にするようなことじゃない」

肯定も否定もしない久遠に気が急《せ》き、両手で上着の襟元を摑んで詰め寄る。祈るような心地だった。

「思い、出したんだ？　会ったときにさしてた傘のこと」

どうかそうだと答えてほしい。

久遠は、和孝の腕から離した手を頭にのせてきた。

「雨の日の公園だったか。俺は、煙草《たばこ》を買うためにタクシーを降りて、歩いていた」

それから、と掠《かす》れる声で促す。本当なら、初めから全部話してほしいけれど、それではあまりに欲張りすぎる。

「息が詰まるって？　そういえば、よく聞いた」

「なんだよ……なんで黙ってたんだよ！　俺がどんな思いをしていたか……いつ？　いつ

から思い出してた？」

たまらず口早に問う。

すぐに教えてくれなかったことを責める余裕もない。

「ぽつぽつとだ。昔話とか、おまえが送ってきた景色の写真、あれもなんとなくだが見憶えがあったが——『息が詰まる』だな」

なんだよ、それと肩透かしを食らった気分になる。努力したのに、結局それか、と。

それとは別に、「きみ」ではないいつもの呼び方に身体から力が抜けていく。話し方も心なしか変化しているような気がして、はは、と和孝は笑った。

「無駄じゃ、なかった？」

「ああ、無駄じゃなかった。まだ一部で、その記憶も前後しているが。戻ったのは、まあ、半分程度だな」

「……半分、か」

実際はもっと少ないはずだ。久遠が半分と言ったなら、四割、もしくは三割程度かもしれない。

だが、重要なのは、たとえ部分的にでも思い出したということのほうだった。三割思い出せたなら、今後少しずつ増えていく可能性は大いにある。

こつんと、久遠の肩に額をくっつける。

「機嫌は直ったか？」

「……まあ」

「よかった。これ以上暴れられたら、肋骨《ろっこつ》に響く」

「あ」

ごめんと謝り、慌ててそこへ目を落とす。

だが、頭から額へ、大きな手が滑っていったせいでそれどころではなくなった。

前髪を掻《か》き上げられ、あらわになった額に唇が押し当てられる。その感触に、どうしようもなく胸の奥が疼《うず》くのは自然なことだ。

こんなふうに触ってほしかったのだと、いまさらながらに実感する。

「泣かせてばかりだな」

髪を撫《な》でてくる手に、自分の手を添えた。

「……泣いてねえよ」

そして、指を絡めて、ぎゅっと握った。ずっとこんなふうに触りたかったと思いを込めて。

「全部じゃないって文句は言わないのか？」

「いまは言わない」

「全部思い出さないと満足できないんだろう？」

これには、すぐに返事をしなかった。答える前に、自問自答する。

全部思い出してほしい？　それとも全部でなくてもいい？

久遠が忘れてしまったせいで、自分たちの数年間が消えてなくなったような気がした。ひとつひとつ乗り越えてきて、やっと寄り添えるようになったのに、それがすべて無になったと。

だからなにがなんでも思い出してほしかったのだが――すべてかと問われると、そうでもない。完全に元どおりにならなくても、ふたりで新たな道を進めばいいだけだ。そこさえ間違えなければ、きっと自分は、それが当たり前であるかのように受け入れるだろう。

「俺は、俺のことを特別扱いしてくれるなら満足」

吐息が触れ合う距離まで、顔を近づける。

「なら、満足してもらえるよう頑張ってみるか」

久遠が普段より少し掠れた声で囁《ささや》くのを待ってから、そっと口づけた。

「そうして」

唇を食《は》み、舌を絡めて、味わう。キスをしていると、他のことがどうでもよくなる。考えるべきことはいくらでもあるが、それら全部よりも、抱き合いキスを交わすことのほうがいまは大事だった。

焦らなくても、夜はまだ長い。

何度か角度を変えているうち、舌先で上顎《うわあご》を辿《たど》られた。ぞくりと背筋を震わせると、久遠がいっそう口づけを深くしていった。

「ん……」

微《かす》かなマルボロの味を追うように、和孝も応《こた》える。どんなときでも甘く、切なく胸を揺さぶられるのはこの唇、キスだ。

「久……さん」

先に別荘の中に入っておけばよかったと、車に留《とど》まったことを悔やんだところですでに遅い。久遠の背中に両手を回し、夢中で身体を押しつける。

「ふ……んっ」

久しぶりのキス、感触、体温に一気に昂《たかぶ》るのは致し方ない。パンツのホックを外されても抗《あらが》わずに任せた。

下着ごとパンツを下ろされても同じだ。和孝も積極的に協力し、下半身だけ剝《む》きだしにされてしまってから急に羞恥心《しゅうちしん》がこみ上げてきたが、すでに引き返すつもりはなかった。

他に誰もいないからできることだ。数え切れないほど身体は重ねてきたが、車の中は初めてだと思うと妙に昂奮《こうふん》した。

すぐ目の前に別荘があるのに、そこまで待てない感じがいい。本能に任せて、なにも考えずに互いを奪い、与えるという単純な行為がいまの自分たちにはなにより必要だった。

「あ……」

誘われるまま、座席を下げた久遠を跨《また》ぐ格好になる。荒く乱れた息をつきながらのキスの傍ら、腰に触れてきた久遠の手にぞくりと背筋が痺《しび》れる。

車中の狭さがもどかしい。半面、そのぶん欲望が募っていくのも本当だった。

頬《ほお》を滑っていった唇が、耳朶《じだ》を食んできた。

「ダッシュボードの中」

そう耳語された和孝は、ぼうっとした思考のなか、言われたとおりダッシュボードに手を伸ばす。

「……なに？」

中に入っていたのは、コンドームとブルーの小さなパウチだ。手にとって、パウチが潤滑ジェルだと気づく。

「用意周到」

「車の中で使う予定じゃなかった」

「とか言って、そんなに俺とやりたかったんだ？」

今度は、自分が久遠の耳に唇を寄せる。そこここにキスをしながら、返答を待った。

「そうだな」

久遠の手が腰をするりと撫でていった。尾てい骨に指を押し当てると、そこからさらに滑らせ狭間《はざま》にゆっくり這《は》わせていく。

「俺の部屋に押しかけてきたときから」

「それって、一番最初のとき?」

「ああ」

「上総《かずさ》さんと沢木くんがい……あ、ぅんっ」

望む答えを聞けたものの、行き来する指にもうそれどころではなくなった。和孝が渡したパウチを久遠が器用に片手と歯を使って封を切るのを目にしただけで昂揚《こうよう》して、早くと急かす。

「あ……」

次に触れてきたときには、指が濡《ぬ》れていた。感触がまるで変わり、道を作る行為が愛撫《あいぶ》になる。浅い場所から始まり、奥までぬるぬると擦ってくる指に感じて、我慢できずに腰を揺らめかせた和孝は、久遠の腹に性器を擦《こす》りつけていた。

と同時に、自分の下で硬く勃《た》ち上がる久遠自身に吐息がこぼれる。熱い屹立《きつりつ》がこれから自分の中に挿《はい》ってきて、果てる瞬間を想像しただけで眩暈《めまい》がしそうだった。

じきに指では我慢できなくなり、先を促す。久遠が自身の前をくつろげて準備する間、そこに手で触れたのはじれったくてたまらなかったからだが、思わぬ効果もあった。

口づけてくる久遠の息は上がっていて、その目にも明確な欲望がある。まっすぐ欲して

くるまなざしを受け、いまや心臓は痛いほど速いリズムを刻んでいた。

「ゆっくりでいい」

そう言っておきながら、途中で腰を両手で鷲摑《わしづか》みにして抱き寄せたのは久遠のほうだった。

「あぁ」

いきなり深く抉《えぐ》られた衝撃で、和孝は最初の絶頂を迎える。が、隙間がないほど密着した状態では少しも身体は冷めず、口づけを交わしながら、のぼせたみたいに思考も視界もあやふやになっていった。

「あ、いい……すご……」

勝手に身体が揺れ、体内の久遠を貪《むさぼ》る。激しく動きたい気持ちはあるが、それよりいまはきつく抱き合っていたかった。

「ああ、俺もすごくいい」

熱に浮かされたような、いつもとちがう声も心地よく脳天まで甘く痺れる。快感のためにじわりと涙で滲《にじ》んだ目で久遠を見つめると、胸がいっぱいになり、自然に笑みがこぼれた。

「愉しそうだな」

頰に唇を触れさせてきた久遠に、またへらりと笑って頷《うなず》く。

「ん……愉しいよ」

「それはよかった」

「久遠さんは？」

「わかるだろう？」

常日頃は理解するために多少なりとも努力がいる。表情に出ないぶん、最初の頃は久遠がなにを考えているのかわからなくて苛立《いらだ》つことも多々あった。

それでも肌を合わせているときは例外だ。なにも考えなくても伝わってくるし、互いを知るには手っ取り早い手段だったので、やたらセックスばかりをしていた記憶がある。

「うん。わかる」

そういう意味でも幸運だったのだろう。初体験に特別思い入れがあるわけでも、他人と比べて貞操観念が高いわけでもないが、初めての相手にこれほど惚《ほ》れ込み、いまも抱き合っていられることは運がよかったと言うほかない。

「あと、嬉しいかな」

たまには正直になるのも大事だろうと、そう告げた和孝は、あたたかい湖の上を漂っているような快楽に身を任せる。

終わるのが惜しくていつまでも長引かせたかったが、そういうわけにはいかなくなった。

た。


「――和孝」

久遠の、自分の名前を呼んでくる声に、意思とは関係なく身体が応える。

それでもなんとか引き延ばそうとしてみたものの、これ以上快感に抗うのは難しかった。

「ああ」

脳天まで甘く痺れ、達する。体内の久遠をきつく締めつけると、間を置かずに奥深くが焼かれたが、激しい行為ではなかったぶんまざまざと感じた。

思わずぎゅっと抱きついたのは、愛《いと》おしさからだ。触れ合うだけの口づけの甘さに酔《よ》い痴《し》れた和孝が味わったのは、内側から蕩《とろ》け、混じり合うような感覚だったのだ。

「これじゃあ、いつまでたっても別荘へ入れない」

「……それは、困る」

困ると言いながらも離れるのは惜しい。その後もぐずぐずしていた自分のせいで、別荘の中へ移動するまでしばらく時間を要した。

バスルーム経由で寝室へ向かう。

二度目はベッドの上で、お互いなにも身に着けずに抱き合った。手を重ね、唇を重ね、肌を重ねて深いところで繋《つな》がる。

長いと思っていた夜は、ふたりでいるとあっという間だ。

和孝は、身の内にあるありったけの感情を込めた。自分にとっては複雑だが、きっと他のなによりシンプルでもあるたったひとつの感情を。


夜明け前、先にベッドを抜け出した和孝は視線を感じて振り返る。

「なに？」

肘をついてこちらを見てくる久遠の、そのまなざしはよく知っているようで、初めてのような不思議な感じがした。

「和孝」

「うん」

めずらしく間があく。言いあぐねているというより、タイミングを計っている、そんなふうに思えた。

「俺の人生に巻き込まれる覚悟はあるか？」

この期《ご》に及んで、ではない。これまでも久遠に振り回されてきたけれど、それは不可抗力であり、できるだけ避けようとしてきた。不穏な事態に陥るたびに久遠が自分を近づけないのも同じ理由からで、その都度安全な距離を測っていた。

久遠もそれが前提としてあるから、いま一度、ここで問うてきたにちがいない。

少しも迷わず、和孝はほほ笑んだ。

「とっくにだって」

一言で寝室をあとにする。朝食の準備の前にバスルームへ足を向けると、いつものように熱いシャワーで情交の名残《なごり》を洗い流した。

そして、今後何度もともに過ごすだろう日々の始まりを思い、下手な鼻歌を口遊《くちずさ》みながら、まだ続いている夜の余韻のさなか、キッチンに立ったのだ。

あとがき

こんにちは。高岡《たかおか》です。

大変なところで終わっていた前巻『流星』の続きをお届けできること、心からほっとしています。

前々巻『抱擁《ほうよう》』から続いてきた案件に区切りがつくので、私としては三巻で一本の感覚なのですが、それだけにいつも以上に緊張もしています。

和孝《かずたか》は意地っぱりなだけのごく普通の人間なので（美貌《びぼう》はさておき）、「早くてっぺんとれ」と久遠《くどう》をけしかけたものの、やはり迷ってばかりです。姐《あね》さん気質ではないというのもあります。

久遠にしても、五代目の座につく気満々だったのに、今回こういうことになったせいで多少他人事《ひとごと》みたいな感覚になっているかもしれません。が、そのぶんぎらぎら感が残っているので、むしろ突っ走るにはちょうどいいと思っているところもありそうです。

陰で上総《かずさ》は苦労していそうですね。

とにもかくにも佳境に入りましたので、最後まで見届けていただけますととても嬉《うれ》しいです。

そんな今作。なんとも色っぽくて素敵なイラストを一足先に拝見したばかりで、昂奮《こうふん》しているところです。沖《おき》先生、お忙しいなかありがとうございます！

素敵なイラストがどんなふうにデザインされるのか、いまから愉《たの》しみでなりません。担当さんにも、毎度うっかりが多くて……ご面倒をおかけします。日々努力ですね。

そしてそして、今回はなんと電子オリジナル『運命の糸』も同時に配信されます！　内容は、久遠の事故をそれぞれのキャラがどう捉えたかというもので、もちろん久遠自身の話がメインになっています。

こちらもお迎えいただけますと、とても嬉しいです！

最後に、長年おつき合いくださっている方、まとめて読んでくださった方、本当にありがとうございます。おかげさまでここまで続けてこられました。

『流星』を読まれて「え⁉」と戸惑われた皆様が今作で「ああ」とひとまず安堵《あんど》してくださることを願いつつ、次巻に心血を注ぎたいと思います。

次巻『ＶＩＰ　宿命』でお会いできますように。

高岡ミズミ

『VIP《ブイアイピー》　接吻《せっぷん》』、いかがでしたか？
高岡《たかおか》ミズミ先生、イラストの沖麻実也《おきまみや》先生への、みなさまのお便りをお待ちしております。
高岡ミズミ先生のファンレターのあて先
〠112-8001　東京都文京区音羽2-12-21　講談社　文芸第三出版部「高岡ミズミ先生」係
沖麻実也先生のファンレターのあて先
〠112-8001　東京都文京区音羽2-12-21　講談社　文芸第三出版部「沖麻実也先生」係

N.D.C.913　222p　15cm

高岡ミズミ（たかおか・みずみ）
山口県出身。デビュー作は「可愛《かわい》いひと。」（全9巻）。
主な著書に「VIP《ブイアイピー》」シリーズ、「薔薇王院《ばらおういん》可憐《かれん》のサロン事件簿」シリーズ。
ツイッター　https://twitter.com/takavivimizu

講談社X文庫

white heart

VIP《ブイアイピー》　接吻《せっぷん》

高岡《たかおか》ミズミ

●

2020年11月2日　第1刷発行

定価はカバーに表示してあります。

発行者――渡瀬昌彦
発行所――株式会社　講談社
東京都文京区音羽2-12-21 〒112-8001
電話　編集　03-5395-3507
販売　03-5395-5817
業務　03-5395-3615
本文印刷―豊国印刷株式会社
製本――株式会社国宝社
カバー印刷―半七写真印刷工業株式会社
本文データ制作―講談社デジタル製作
デザイン―山口　馨

ISBN978-4-06-521038-3

ホワイトハート最新刊

VIP 接吻

高岡ミズミ　絵／沖 麻実也

貴方を忘れない。何度でも思い出す。思いがけない自動車事故の後遺症で、大切な記憶を失ってしまった久遠。ふたりが出会ってからの年月すべてをなくした久遠のそばで、和孝はひとり懊悩するが……。

いばらの冠

ブラス・セッション・ラヴァーズ

ごとうしのぶ　絵／おおや和美

「俺たち、付き合いませんか?」祠堂学園OBで音大に通う涼代律は、兄弟校・祠堂学院吹奏楽部の指導にかり出される。しかし学院の三年生には、吹部の王子とも言うべき中郷壱伊がいて……?

ホワイトハート来月の予定（12月5日頃発売）

アザゼル ～緋の罪業～　欧州妖異譚25 …………… 篠原美季

※予定の作家、書名は変更になる場合があります。

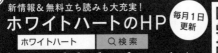